Non ar
Vale

Angelo Petrosino

*Palma d'argento al Salone dell'Umorismo
di Bordighera, 1990
Finalista Premio Cento, 1995
Finalista Premio Bancarellino, 1995*

Non arrenderti, Valentina!

Illustrazioni di
Valeria Petrone

I Edizione 1996

© 1996 - EDIZIONI PIEMME Spa
15033 Casale Monferrato (AL) - Via del Carmine, 5
Tel. 0142/3361 - Telefax 0142/74223
www.edizpiemme.it

> È assolutamente vietata la riproduzione totale o parziale di questo libro, così come l'inserimento in circuiti informatici, la trasmissione sotto qualsiasi forma e con qualunque mezzo elettronico, meccanico, attraverso fotocopie, registrazione o altri metodi, senza il permesso scritto dei titolari del copyright.

Stampa: G. Canale & C. SpA - Borgaro Torinese (TO)

*A Valentina,
che ha un anno in più*

Le vacanze stanno per finire

ANCORA TRE GIORNI e poi si torna a casa. Il sole mi ha rosolata per bene, e da una settimana passo il mio tempo in spiaggia sotto l'ombrellone, accanto a mia madre. Mi piace starle vicino in questi giorni. Chi la osservasse in bikini, non sospetterebbe mai che aspetta un figlio.

Oggi ho posato la testa sulla sua pancia e le ho chiesto:
– Sei sicura di essere incinta?
– Valentina, ho già avuto due figli. Aspetta ancora qualche settimana e vedrai anche con i tuoi occhi.

Daniele nascerà in casa

OGGI in spiaggia tirava un vento forte e gli ombrelloni oscillavano come bandiere. Mio padre e Luca se ne sono andati verso gli scogli. La mamma e io ci siamo sedute su due asciugamani di spugna.

Erano solo le otto e mezzo, e sulla spiaggia non c'erano molte persone.

– Peccato che domani dobbiamo ripartire – ha detto mia madre. – Si sta così bene. Immagino che anche tu non sia contenta di tornare a casa.

Io sono rimasta zitta. Guardavo un paio di gabbiani che si tuffavano in acqua, ma non riuscivano a pescare niente.

– Valentina, mi ascolti?

– Ti ascolto, mamma, ti ascolto. L'aria è buona, ma mi sono anche un po' annoiata.

– Certo, se ci fosse stato Ben...

– Che cosa vuoi dire?

– Che se ci fosse stato lui, avresti avuto un compagno con cui giocare. Chi sa dov'è in questo momento.

– In Inghilterra, dai nonni.

Chi sa se ha amici o amiche da quelle parti. E come sono i suoi nonni? Sono dei tipi che viziano i nipoti? E Ben, è uno che si fa viziare? A pensarci bene, non è che lo conosca molto. Ma ho l'impressione che da settembre ci vedremo più spesso, dato che andremo nella stessa scuola media. Lui fa già seconda, io invece comincerò la prima.

– Valentina, sono sicura che nella nuova scuola te la caverai benissimo – mi ripete mia madre.
– Staremo a vedere. Di sicuro non mi farò intimidire da nessuno.
– Sei una bambina molto forte, lo so. Spero proprio che Daniele sia come te.
– Quando nascerà?
– Verso la fine di marzo.
– Verrò a trovarti subito in ospedale, mamma.
– Non ce ne sarà bisogno, Valentina.
– Perché?
– Perché Daniele nascerà in casa.
– Cosa?
– Ho deciso di partorire a casa mia. In passato si è sempre fatto.
– Come mai?
– Voglio che il bambino nasca in un ambiente confortevole. In ospedale hanno la brutta abitudine di togliertelo subito dalle braccia.
– Ma come si fa a partorire in casa?
– Valentina, ci sono delle donne che si chiamano ostetriche e che sanno fare bene il loro lavoro.
– E io, potrò dare una mano?
Mia madre è scoppiata a ridere.
– Non credo. Potrai renderti utile dopo,

quando bisognerà pulirlo dalla cacca e dalla pipì. Se non ti fa senso, si capisce.

– Non preoccuparti, mi turerò il naso con un paio di pinze.

E se io non fossi nata?

ULTIMO GIORNO di mare.

Mia madre mi ha presa sottobraccio e ci siamo avviate passo passo lungo la battigia.

– Lo sai cosa mi ha detto la nostra vicina d'ombrellone, ieri?

– Che cosa?

– Che tu e io sembriamo sorelle.

– Ha ragione. Tu sei ancora molto giovane, mamma.

– Già, mi sono sposata troppo presto.

– Troppo presto?

– Forse avrei dovuto fare ancora un po' la signorina, prima di metter su famiglia.

– Ehi, mamma, sai cosa vuol dire? Che tu avresti potuto sposare un altro uomo e io non sarei mai nata.

– Eh, già.

– Ci pensi, mamma? Io avrei potuto non nascere mai.

Ho stretto più forte il braccio di mia madre e ho sospirato.

– A cosa pensi, Valentina?

– A noi due.

Arrivate vicino agli scogli, ci siamo sedute per terra e abbiamo poggiato le schiene alla roccia. Non so a cosa pensava la mamma. Io pensavo che il giorno dopo forse avrei rivisto Ben. E per prima cosa gli avrei chiesto: «Mi hai pensata un po' durante le vacanze, o ti sei completamente dimenticato di me?».

No, è impossibile. Non potrò mai fargli una domanda del genere. Ma se gliela facessi, cosa mi risponderebbe? E se la facesse lui a me?

«Non lo voglio questo Daniele, non lo voglio!»

AL MOMENTO di entrare in macchina, ho obbligato mia madre a sedersi sul sedile posteriore dell'auto.

– In caso di incidente, è più sicuro – le ho detto.

Allora Luca ha preteso di sedersi accanto a papà. Naturalmente era escluso, perché piccolo com'è, sarebbe sgusciato fuori dalla cintura di sicurezza.

– Non vuoi stare accanto alla mamma? – gli ha chiesto mia madre stringendolo a sé.

Luca si è subito calmato e voleva addirittura sedersi in grembo a lei. Ma la mamma non glielo ha permesso.

– Sei grande e sei pesante – gli ha detto.

– Lei dice che sono piccolo per sedermi davanti, tu dici che sono grande per venirti in braccio. Perché non vi mettete d'accordo? Mi avete stufato tutte e due.

Io sono stata sul punto di dirgli: «Non puoi sederti in grembo alla mamma perché schiacceresti Daniele». Ma mi sono trattenuta in tempo. Il fatto è, che Luca non sa ancora che tra qualche mese avrà un fratello.

– Aspettiamo ancora un po' a dirglielo – mi ha detto la mamma. – Quando la pancia sarà evidente, glielo annunceremo.

Ma stasera, mentre si spogliava per andare a letto, Luca mi ha ripetuto:

– La mamma non mi prende in braccio perché non mi vuole più bene. Sei tu che le dici di odiarmi, vero?

– Luca, la smetti di dire stupidaggini? Sei sempre stato coccolato come un orsacchiotto da lei. Se adesso non ti prende in braccio, ha le sue ragioni.

Luca era in mutande, in piedi sul letto, e mi ha guardata senza capire.

– Che cosa vuoi dire? – mi ha chiesto.

– Niente. Adesso è tardi ed è ora di dormire. Magari ne parliamo un'altra volta.

Ho spento la luce sul mio comodino, ma Luca è rimasto in piedi sul letto a osservarmi in silenzio. Quando non l'ho più sopportato, gli ho detto:

– Vuoi passare tutta la notte a guardarmi?

E mi sono girata dalla parte del muro.

Poco dopo ha starnutito.

– Sei ancora lì? – gli ho detto.

Secondo starnuto.

– Sei più cocciuto di me. La mamma non può prenderti in braccio, perché aspetta un bambino.

– Che significa?

– Significa che ce l'ha nella pancia, che sta crescendo e che tra qualche mese nascerà.

– Io non lo voglio.

– Dai, magari sarà un bel tipo. A proposito, si chiamerà Daniele.

– Daniele è un nome schifoso.

– A me invece sembra un bellissimo nome.

«Be', prima o poi bisognava dirglielo» ho pensato. E mi sono rannicchiata su me stessa per farmi una bella dormita.

Poco dopo, però, Luca è entrato nel mio letto e mi ha puntato le ginocchia contro la schiena.

– Ehi, cosa fai? Torna nel tuo letto. Non ci sono temporali stanotte.

Lui però si è messo a frignare, e ha ripetuto come una mitragliatrice:

– Non lo voglio questo Daniele, non lo voglio, non lo voglio!

Io ho sospirato, mi sono spostata verso il muro e gli ho fatto spazio.

Prima di addormentarmi ho pensato: «Spero proprio che Daniele non sia come Luca. Di frignoni ne basta uno in questa casa».

Forse un giorno volerò

– CIAO – mi ha detto Ben.
– Ciao – gli ho detto io.

E siamo rimasti con la cornetta del telefono in mano. Allora, per non sentire soltanto i nostri respiri, gli ho chiesto:

– Come stai?
– Bene. E tu?
– Anch'io sto bene. Sono solo un po' più scura di pelle.
– Io, invece, sono quasi dello stesso colore che avevo quando sono partito. È piovuto quasi tutto il tempo e ho passato le giornate in casa. Ho giocato a carte e a scacchi con il nonno, ma mi sono annoiato abbastanza. Certo, se ci fossi stata tu... – e ha sospirato.

Il suo sospiro mi è piaciuto.

– Be', adesso siamo di nuovo in città – ha detto. – Quando ci vediamo?
– Per fare cosa?

– Pensavo di raccontarti qualcosa della casa dei nonni e del posto dove sono stato.
– Ah, be', allora... Sì, mi interessa. La geografia mi è sempre piaciuta. Vieni tu a casa mia?

Mia madre è stata contenta di rivedere Ben, e gli ha fatto un sacco di domande sull'Inghilterra. E ha concluso dicendo:
– Mi piacerebbe che Valentina ci andasse anche lei. Potrebbe imparare meglio l'inglese. Che ne dici, Valentina?

Io l'ho guardata e ho detto:
– E dove andrei?
– A casa dei nonni di Ben, per esempio.

A questo punto, Ben è intervenuto con foga:
– I miei nonni hanno una grande casa in campagna. E c'è sicuramente una stanza per Valentina. Anzi, ho già parlato loro di lei. E sarebbero contentissimi di ospitarla. Potrebbe essere durante le vacanze di Natale. Per la fine dell'anno, infatti, io tornerò da loro, e Valentina può venire con me. Cioè... se lei vuole... se lei è d'accordo... se le fa piacere... se...

E qui si è impappinato ed è diventato rosso.

Mia madre annuiva con convinzione, guardando ora Ben, ora me.

Prima che potessi dire qualcosa, Ben ha tirato fuori da una borsa di plastica una scatola di latta e l'ha consegnata a mia madre dicendo:

– Contiene dei biscotti che ha fatto la nonna. A me piacciono molto. Spero che piacciano anche a lei e a Valentina.

Quando Ben è andato via, ho detto alla mamma:

– Io a Natale non posso andare da nessuna parte.

– Perché?

– Perché credo che avrai bisogno di me.

– Vuoi dire per il bambino? Oh, Valentina, sei un tesoro. Ma non preoccuparti, ci penserà tuo padre ad aiutarmi. Se i nonni di Ben sono davvero disposti a ospitarti, è un'occasione che non devi lasciarti sfuggire.

– Credo che mi sentirei un'estranea a casa loro.

– Ma ci sarà Ben con te. Non hai visto che sprizzava contentezza, quando ho fatto la mia proposta? E tu potresti fare un'esperienza importante.

– Ci tieni tanto?

– Ci tengo per te. Non ti piacerebbe prendere l'aereo e volare lontano?

– Lo desidero da un sacco di tempo! – ho esclamato ridendo e stringendo i pugni.

– Bene, c'è tempo per pensarci. Adesso nascondiamo questi biscotti, prima che tuo fratello li faccia fuori subito.

Una carezza sotto la magnolia

OGGI sono andata io a casa di Ben. Sua madre non la smetteva di farmi le feste e quasi subito mi ha detto:
– Ben dice che andresti con lui dai nonni, il prossimo Natale.
– Veramente non ho ancora deciso nulla. Sa, mia madre aspetta un bambino e potrebbe avere bisogno di me.

Più tardi, Ben e io ce ne siamo andati nei giardini di corso Taranto.

Ha parlato quasi sempre lui. Mi ha magnificato la casa dei nonni, il verde della campagna che la circonda, i corsi d'acqua, i boschetti, la brughiera, le colline.

Dato che faceva caldo, ci siamo seduti su una panchina all'ombra di una magnolia e siamo rimasti zitti a farci accarezzare il viso dal vento.

Io ho chiuso gli occhi, ma li ho riaperti di scatto quando ho sentito che le dita di Ben sfioravano le nocche della mia mano. Ben, però, aveva gli occhi chiusi, e non si è accorto che io lo guardavo con stupore. Quando però le sue dita hanno cominciato a salire verso il polso, ho ritirato la mano e mi sono fatta vento.

Zia Elsa sprizza allegria

LA ZIA ELSA, alla fine, ha deciso di sposarsi. E per un mese e mezzo non si è fatta più sentire. Fino a stamattina, cioè, quando ho preso proprio io la sua telefonata.
– Ciao, nipotina! – ha detto con allegria.
– Zia Elsa! Alla buon'ora! Ti eri dimenticata di me?
– Io dimenticarmi di Valentina? Non potrei mai.
– Dove sei stata?
– Paride ha voluto dar fondo ai suoi risparmi e mi ha portata anche a Parigi.
– Addirittura!
– Eh, sì. E devo dire che questa città mi è piaciuta molto. Un sacco di luci, un sacco di gente, un sacco di parchi, un sacco di tutto, insomma.
– Zia Elsa, non ti ho mai sentita così allegra.
– Hai ragione, Valentina. Ho passato delle settimane celestiali. Ah, lo sai che sono un po' dimagrita?
– Avrai camminato parecchio, immagino.
– Sì, ma ho anche imparato a mangiare di meno. Anche se, tra poco, comincerò a metter su pancia di nuovo.

– Cosa vuoi dire?
– Eh, no, non voglio parlartene al telefono. Vieni da me oggi stesso, ti va? Con te voglio continuare a dividere gioie e dolori.
– Preferisco le gioie, zia.
– Anch'io. Ma bisogna mettere nel conto tutto, nipotina.

Anche tu, zia Elsa!

DEVO DIRE che nelle braccia della zia mi sono persa meno delle altre volte. In effetti, è alquanto dimagrita. A parte il seno, che è sempre enorme.
– Valentina, tesoro della zia! – ha esclamato, e mi ha trascinata quasi di peso nel salotto. – Come sono felice di rivederti! Ehi, ma lasciati guardare. Santo cielo, Valentina!
– Cosa c'è, zia?
– Come, cosa c'è! Sei cresciuta... Sei diversa... Sei una ragazza... una signorina...
– E poi cos'altro?
– Scommetto che tra poco i ragazzi cominceranno a venirti dietro in corteo. Ma tu tienili a bada, nipotina, mi raccomando.
Quando ci siamo sedute sul divano, zia Elsa mi ha stretta a sé e ha cominciato a sospirare. Siccome non la smetteva, le ho chiesto:
– Zia, perché sospiri?

– Eh, Valentina, come cambia la vita!
– Zia, sei diventata filosofa?
– Macché. Ripenso a quello che mi è successo. Mi ero rassegnata a fare la zitella, e adesso, invece, sai cosa farò?
– La moglie di Paride, mi sembra ovvio.
– Non solo, Valentina, non solo.

E mi ha guardata negli occhi. Poi mi ha preso una mano e l'ha stretta fra le sue. Io l'ho guardata perplessa. Allora lei ha posato la mia mano sulla sua pancia e ha fatto cenno di sì con la testa.

– No! – ho esclamato io.
– Sì – ha mormorato lei.
– Ne sei sicura?
– Più che sicura.
– Dunque sarai mamma!
– Proprio così.
– Anche tu!
– Cosa vuoi dire?
– Voglio dire che anche la mamma aspetta un figlio.
– Davvero?
– Già. Be', sarai contenta, zia.
– Sì, ma anche un po' impaurita, Valentina. Capisci, è la mia prima volta.
– Mi dispiace, ma in questo caso non posso darti consigli.
– Lo so, però mi fa piacere parlarne con te.
– Stai facendo tutto in fretta, zia.

– Forse perché ho aspettato troppo. Ma dimmi, Valentina, tu credi che saprò fare la mamma come si deve?

Dopo aver riflettuto qualche secondo, le ho chiesto:

– Tu questo figlio lo vuoi?
– Eccome, se lo voglio!
– Allora non preoccuparti. Sarai sicuramente una madre coi fiocchi.
– A me basterebbe essere una madre normale. Ma oggi quasi nessuno sa più fare la madre, non ti pare?
– Mia madre sa farlo.
– Allora bisogna che mi consigli con lei. Se ha saputo allevare una bambina come te, deve avere dei segreti che anch'io voglio conoscere.
– Zia, non sono mica un pollo! E poi io credo, che la mamma e io ci siamo allevate a vicenda. A proposito, zia, dove partorirai?
– Che domanda! In ospedale, no?
– La mamma partorirà in casa.
– Cosa? È matta?
– Per niente. Parlale, e vedrai che forse riesce a convincere anche te.

Prima di andar via, la zia mi ha ripetuto:

– Valentina, stai diventando una bella ragazzina. Parola di tua zia.

Quando sono tornata a casa, sono entrata nella camera da letto dei miei, ho aperto le ante centrali dell'armadio, e mi sono guardata allo specchio. È vero, sto crescendo a vista d'occhio. Ma non mi considero affatto un capolavoro. Purtroppo mi sta spuntando anche il seno, e non so come fare per nasconderlo.

Crescere?
Sì, ma non voglio che si veda

SONO ARRIVATI i temporali di fine agosto e l'aria è diventata più respirabile.
– Meno male – ha sospirato mia madre.
– Non se ne poteva più.
Io la osservo anche quando lei non se ne accorge, e mi chiedo se tutto procede bene. La pancia mi sembra ancora piatta e questo mi preoccupa un po'. Lei però mi rassicura.
– È tutto sotto controllo – mi ripete.
Da qualche giorno rifaccio regolarmente i letti, scopo e spolvero dappertutto. E ieri ho anche lavato per terra.
– Valentina, non voglio che ti affatichi troppo. Sono ancora in grado di fare la maggior parte dei lavori di casa. E dopotutto sei solo una bambina – mi ha detto oggi mia madre.
– La zia Elsa dice che sono già una ragazza. Anzi, una signorina.

– Sì, certo, ma...
– Mamma, tu come mi trovi?
– In che senso?
– Sono un po' bruttina, vero?
– Questa è una vera bestemmia, Valentina. Hai un bel faccino, dei begli occhi, e poi guarda, ti sta spuntando il seno.
– Purtroppo.
– Perché dici così?
– Perché non voglio che si veda.
– Non ti va di crescere, Valentina?
– Certo che voglio crescere. Ma non voglio che si veda.
– Per oggi hai lavorato abbastanza. Perché non esci a fare una passeggiata?
– E dove vado da sola? Preferisco andare a leggere nella mia camera.

Dieci minuti più tardi ha chiamato Ben e mi ha chiesto se volevo andare ai giardini con lui.

Gli ho risposto di sì e ho atteso che venisse a prendermi.

Penso a un nuovo lavoro

MENTRE ERAVAMO AI GIARDINI, Ben ha continuato a parlarmi della sua estate nel Devon e della casa dei nonni.

– È una casa grande a due piani, ma molto vecchia. Soprattutto quando piove, o è circondata dalla foschia, ha un fascino strano.

– Non è mica sicuro che io venga con te, a Natale.

– Ma i nonni sono d'accordo. Ho telefonato loro e mi hanno detto che ti aspettano.

– Hai fatto male. L'aereo costa, e io voglio pagarmi il biglietto di tasca mia. Perciò bisogna che guadagni dei soldi.

– E come pensi di guadagnare del denaro?

– Lavorando.

– Alla tua età?

– Guarda che nei mesi scorsi ho messo da parte un bel po' di soldi, occupandomi di un bambino piccolo. Te ne ho parlato, non ricordi?

– Sì, ma mi hai anche detto che ti faceva morire.

– È vero, mi ha fatto passare le pene dell'inferno... Ma da quando non lo vedo, ho un po' di nostalgia. Peccato che sua madre, Genoveffa, non abbia più bisogno di una baby sitter. Mi disse che avrebbe smesso di lavorare, per occuparsi di più del figlio, visto che suo marito guadagnava bene. Bisogna che pensi a un altro lavoro.

– Tra una ventina di giorni comincia la scuola, e non credo che avrai tempo di fare altro, a parte studiare.

A quella osservazione, mi sono morsa un labbro. Ben aveva ragione. Tutti mi avevano preannunciato che alla scuola media ti massacrano di compiti.

Pazienza, vedrò di organizzarmi e troverò il tempo per fare qualcos'altro. Ma cosa?

Una telefonata di Genoveffa

IL DUBBIO me l'ha tolto proprio Genoveffa, che ha chiamato dopo cena.
– Valentina, che piacere risentirti – mi ha detto.
– Ciao, Genoveffa. Come stai?
– Bene, grazie. Giorgio è uno splendido compagno e Sergio... be', Sergio è sempre lo stesso.
– Vuoi dire che continua a mettere la casa sottosopra?
– Insomma, è un bambino vivace. Ma anche molto affettuoso.
– Questo me lo dicevi anche nei mesi scorsi.
– Dimmi la verità, non hai un bel ricordo delle ore passate con lui?
– Non sono state proprio riposanti... Ma a pensarci bene, mi sono anche divertita.

– Sei sincera, Valentina?

– Sì. Il fatto è che i bambini come lui movimentano la vita. E io la preferisco così.

– Sono pienamente d'accordo con te. E dimmi un po', hai già un lavoro sottomano? Tu sei molto intraprendente, e scommetto che ti stai già guadagnando il tuo stipendio.

– Macché, ti sbagli, Genoveffa.

– Non hai più bisogno di mettere da parte dei soldi?

– Altroché! Ho in progetto un viaggio per la fine dell'anno, e mi serve un bel po' di denaro.

– Allora credo di poterti dare una mano.

– Puoi spiegarti meglio?

– Ti avevo detto che avrei smesso di lavorare per stare più vicino a Sergio, ricordi?

– Ricordo.

– Ebbene, non è possibile, Valentina.

– Ah, no?

– No. Ho fatto i miei calcoli, e lo stipendio di Giorgio non basta. Ho cercato un lavoro di metà giornata, ma non l'ho trovato. E così sono tornata a fare il lavoro di prima. Io rientro a casa alle quattro e mezzo e Giorgio fa sempre tardi la sera. Per fortuna Sergio va all'asilo. Ma il problema che ho adesso è esattamente quello di prima. Ho bisogno che qualcuno stia con lui mentre io vado a fare un po' di spesa e mi occupo di altre faccende. Capisci?

– Capisco.
– E allora capisci che tu sei l'unica alla quale affiderei con tranquillità il mio Sergio.
Io ho fatto un profondo respiro e ho detto:
– Genoveffa, quest'anno io vado alla scuola media. Avrò molto da studiare e poco tempo da perdere. Se abitassi più vicina...
– Valentina, se prendi il 2, che passa proprio sotto casa tua, ti ci vogliono esattamente trenta minuti per arrivare da me. A me basterebbe che tu stessi con Sergio più o meno un'ora e mezza, un paio di volte la settimana. Tenuto conto degli spostamenti, ti pagherò molto più delle altre volte.
A queste parole, ho visto la mia cassettina rigurgitare di biglietti da dieci e cinquantamila lire. E sono addirittura partita a fare un calcolo approssimativo di quanto avrei potuto mettere da parte prima di Natale.
– Non te la senti, vero, Valentina?
– Aspetta, aspetta... Io... io ho tre pomeriggi liberi la settimana. Allora... allora, va bene. Mi organizzerò... vedrò... credo che riuscirò a fare tutto.
– Davvero? Oh, Valentina, sei impagabile. Vedrai come sarà felice Sergio.
– Quando dovrei cominciare?
– Puoi venire già domani?
– D'accordo. Sarò da te per le cinque meno un quarto, va bene?

– Perfetto, Valentina. Ti aspetto.

Mentre tornavo in cucina, ho detto a mia madre:

– Da domani ricomincio a lavorare. Torno da Sergio.

– Ah, sì? Allora auguri, Valentina.

– Grazie. Credo che ne avrò bisogno.

Una corsa in bici

VERSO LE DIECI, Ben ha suonato il citofono.

– Scendo subito! – ho gridato.

Avevo già preso la bici dalla cantina, e quando sono arrivata a pianterreno, l'ho sganciata dalla ringhiera e ho detto a Ben:

– Andiamo al parco della Pellerina.

Era bello andare in bicicletta. Non lo faccio spesso, ma pedalare mi piace molto.

A mano a mano che ci allontanavamo dal corso, i rumori si attenuavano e il silenzio si faceva più profondo.

– Che ne dici, facciamo una gara? – mi ha detto Ben.

– Sì, ma prima mettiamoci sulla strada asfaltata. Si corre meglio e c'è un bel rettilineo fino alla fontana.

Conosco a memoria questo parco. Mi ci portava spesso la mamma quand'ero piccola, e qui mi sono presa le paure più memorabili della mia vita. Una volta mi sono persa, dopo essere andata a fare la pipì dietro un cespuglio. Un'altra volta sono stata rincorsa da un cane, sono inciampata e mi sono ferita a una mano.

– Pronti? Via! – ho gridato.

Ben è partito prima di me. Siccome avevo i jeans, potevo muovermi bene sulla bici. Così mi sono piegata in avanti, e ci ho dato dentro con tutte le mie forze. L'ho raggiunto a metà percorso e gli ho urlato:

– Pista! Ho fretta!

La strada era tutta nostra, non solo perché è vietata alle auto, ma anche perché non c'erano altri ciclisti in quel momento. E io mi sono sentita viva, forte, felice.

Quando sono arrivata a pochi metri dalla fontana, ho pensato: «La vittoria è mia». E mi sono girata per fare la lingua a Ben. Ma proprio in quel momento, lui mi ha superata come un razzo, si è diretto verso la fontana, e si è catapultato su un'aiuola.

Io l'ho raggiunto frenando lentamente, e gli ho detto:

– Mi hai fregata.

E per una mezz'ora siamo rimasti seduti ai piedi di un pino, ad ascoltare i passeri.

Prima di alzarci, per tornare a casa, ho detto a Ben:
– Mi ha telefonato la madre di Sergio e mi ha proposto di occuparmi del figlio un paio di volte la settimana. Io le ho risposto di sì.
– E per i compiti, come farai?
– Studierò di sera.
– Pensavo che avremmo potuto studiare insieme...
– Possiamo farlo fino alle quattro. Piuttosto, quando non hai niente da fare, perché non vieni con me? Finché le giornate sono belle, io penso di portare Sergio ai giardini vicino a casa sua. Così lui potrà giocare con gli altri bambini e io potrò leggermi un libro.
– D'accordo, ci sto.
Ben si è alzato, si è palpato le costole e, senza che me lo aspettassi, mi ha dato un bacio. Poi ha inforcato la bici e si è avviato.

Primo incontro con Sergio.
Voci di guerra ai giardini

MENTRE IL PULLMAN CORREVA, ero tutta concentrata sul mio incontro con Sergio. Da un lato ero curiosa di vederlo. Dall'altro, avevo davanti agli occhi le battaglie dei mesi scorsi.

– A cosa pensi? – mi ha chiesto Ben.
– A niente.

Genoveffa deve averci visti arrivare dalla finestra, perché appena ho suonato il campanello sul pianerottolo, ha spalancato la porta e mi ha abbracciata dicendo:

– Valentina, che gioia rivederti! Entra, entra.

– Lui è Ben, un amico – ho detto.
– Ciao, Ben, accomodati.

Sergio era seduto per terra, e faceva correre le solite automobiline.

– Sergio, non vieni a salutare Valentina?

Ma Sergio non mi ha degnata di uno sguardo. Anzi, per un momento ho pensato che avrebbe detto: «Vai a casa».

Quando però Genoveffa ha detto: – Questo è Ben, un amico di Valentina, – Sergio ha alzato gli occhi e lo ha squadrato come se vedesse un marziano.

– Mi trattengo solo cinque minuti – ha detto Genoveffa. – Sarò di ritorno per le sette meno un quarto. Va bene, Valentina?

– Va bene. Dove sono i giardini dei quali mi hai parlato?

– Sulla parte posteriore del caseggiato. Vieni, te li mostro.

Dal balcone al quinto piano, ho visto che erano abbastanza estesi: c'erano aiuole, alberi, vialetti, panchine di legno verniciate di verde, cespugli e siepi in quantità.

– Ci vengono anche nonni e bambini dalle zone vicine – ha detto Genoveffa. – Adesso bisogna proprio che scappi.

Genoveffa si è piegata per dare un bacio frettoloso a Sergio, ha stretto la mano a Ben e mi ha bisbigliato in un orecchio: – Carino il ragazzino – ed è corsa via.

Io mi sono rivolta a Sergio e gli ho detto:

– Perché non andiamo ai giardini? Possiamo giocare anche Ben e io con te.

– Lui non mi piace – ha detto Sergio indicando Ben con un dito.

– Allora vuol dire che giocherai con me e lui ci guarderà.

– Nemmeno con te mi piace giocare.

– Allora staremo in casa finché non torna tua madre – e ho fatto cenno a Ben di venire a sedersi con me sul divano.

Sergio però si è alzato di scatto e ha detto:

– Giocherò con gli altri. Prima vado a fare la pipì.

Io mi sono mossa per accompagnarlo, ma lui mi ha bloccata con lo sguardo e ha detto:

– So farla da solo.

Quando è uscito dal bagno ha detto:

– Un po' è andata per terra.

Io sono andata nel bagno e ho visto un laghetto accanto alla tazza.

– Un po'! Vuoi dire tutta! Perché non ti sei seduto sul water?

Ho preso uno straccio e ho pulito alla meglio, gettando un po' d'acqua e di ammoniaca per terra.

«Cominciamo bene» mi sono detta tornando nel salotto.

I viali dei giardini erano coperti di foglie secche, e qua e là c'erano dei bambini che giocavano con ghiaia, secchielli e palette.

Sergio si è guardato intorno, ha adocchiato il gruppetto di quelli che avevano più o meno la sua età, e si è cacciato di forza in mezzo a loro. Nessuno ha osato mandarlo via, e quando li ho visti giocare insieme tranquillamente, sono andata a sedermi con Ben su una panchina.

– A quanto pare, avere un padre in casa non è servito a niente – ho sospirato.

E ho chiuso gli occhi. Ma li ho riaperti poco dopo, quando alle orecchie mi è giunto il pianto di parecchi bambini. E insieme al pianto, le voci alterate di alcuni adulti.

– Che succede? Sergio dov'è? – ho chiesto a Ben.

Insieme abbiamo guardato in direzione del gruppo al quale Sergio si era unito e, avvicinandoci, abbiamo visto che lui era l'unico che non piangesse. Anzi, sembrava persino seccato dal piagnisteo che lo circondava.

– Tira fuori i giocattoli di mia figlia – diceva una donna.

– Restituisci la bambola a mia nipote – reclamava un nonno.

– Dove sono le biglie del mio Davide? – chiedeva un'altra mamma.

Sergio sbuffava e alzava gli occhi al cielo.

A un certo punto ha detto:

– I vostri figli sono proprio scemi. Abbiamo giocato a nascondino con i giocattoli e adesso devono andare a cercarseli. Perché piangono?

– Sentitelo come risponde! – ha esclamato una donna, alzando una mano come per dargli una sberla.

– È un teppistello, non lo vedete? – ha ringhiato un nonno.

– Ehi, calma – ho detto io infilandomi nel capannello. – Lei tenga giù le mani e lei misuri le parole.

Una mamma mi ha guardata e ha detto:

– E tu chi sei?

Sergio è venuto prontamente a rifugiarsi accanto a me, e la donna, gettando un'occhiata a entrambi, ha continuato:

– Immagino che tu sia sua sorella. Be', dì a quel ladruncolo di tuo fratello di tirar fuori i giocattoli dei nostri bambini. E presto, prima che perdiamo la pazienza.

– Dove sono i giocattoli? – ho chiesto a Sergio, che mostrava i pugni alla donna.

– Li ho nascosti. E non vado a prenderglieli. Loro devono trovarli. Il gioco è così e basta.
– Adesso però il gioco è finito.
– No. Il gioco finisce quando loro li trovano.

E non c'è stato verso di convincerlo a rivelare dove aveva nascosto biglie e bambolotti, orsacchiotti e palette. E siccome si stava facendo tardi, madri e nonni si sono sguinzagliati alla ricerca dei giocattoli. Ben e io abbiamo dato una mano, ma non era facile trovarli. Ogni tanto una voce diceva: – Ecco qua la bambola di Luigina –. E un'altra: – Ho trovato l'orsacchiotto di Roberto.

Alla fine è stato trovato quasi tutto. E prima che gli infuriati adulti tornassero dalla loro caccia, ho preso Sergio per mano e l'ho trascinato via.

Quando siamo arrivati sotto casa, ha borbottato:
– Lo sapevo che quei cretini non sanno giocare. La prossima volta gioco da solo.

Sara e le montagne da scalare

OGGI era il primo giorno di scuola, e quando mi sono trovata in un'aula fredda e spoglia, ho avuto nostalgia di quella che avevo lasciata alla scuola elementare.

Chi sa che cosa stava facendo il maestro in quel momento. Sapevo che aveva ricominciato con i bambini di prima. Anche a loro avrebbe detto: «Bambine e bambini, noi aboliremo i luoghi comuni»? Poi, quando ho visto entrare una professoressa con i capelli biondi, ho pensato a Giulietta. E mi sono chiesta com'era la sua vita col maestro. Parlavano di me qualche volta? E che cosa dicevano? Chi sa se anche Giulietta aspettava un bambino.

Nella mia classe è finita anche Rosa. Ma la mia vicina di banco è Sara. Ha la mia stessa età, ma sembra molto più grande di me.

– Ciao – mi ha detto quando ci siamo sedute.

– Ciao – le ho risposto, un po' distratta.

Ma lei non si è fatta smontare e ha continuato:

– Chi sa come vanno le cose da queste parti. Pare che abbiano tutti la mania di appiopare note sui diari. Ma se credono di spaventarmi, si sbagliano. Quando avrò voglia di divertirmi, lo farò. Tu ci stai?

– Dipende da cosa intendi per divertirsi.

– Be', fare un po' di casino ogni tanto.

– Allora te lo fai da sola.

– Non vorrai morir di noia in quest'aula!

– Spero proprio di no.

Nonostante la sua aria da spaccatutto, Sara mi piace. Per tutta la mattina ha avuto il sorriso sulle labbra. E quando siamo risalite in classe dal cortile, mi ha presa sottobraccio e mi ha detto:

– Di' un po', chi è il tipo col quale hai chiacchierato vicino alla magnolia?

– È il figlio di una vicina di casa.

– Voglio dire, è il tuo ragazzo? State insieme?

– Guarda che ti sbagli. Ben è solo un amico di famiglia.

Ma lei ha insistito:

– Su, non cercare di darmela a bere. Ho visto benissimo come ti guardava. Quello è cotto di te. Anche un cieco se ne accorgerebbe. Tra l'altro, non è niente male. Fai attenzione che non te lo freghino le altre.

Io ho alzato le spalle e le ho detto:
– Tu devi essere matta.
– Ti ripeto: tieni d'occhio il tuo Ben. A me, invece, puoi presentarlo. Io sto bene col mio Paolo e non cerco rogne. Be', buon anno scolastico, Valentina. Ne avremo di montagne da scalare!

Luca ha bisogno di fiabe

STASERA, mentre si cenava, Luca ha alzato la testa dal piatto e ha detto:
– Il maestro dice che non so leggere.
– Leggi di più – gli ha detto mio padre.
– A me leggere non piace.

Dopo cena, mia madre si è seduta accanto al letto di Luca, ha aperto un libro e si è messa a leggergli una storia. Io sono andata a sedermi dietro la scrivania, ho preso il mio diario e ho scritto qualcosa a proposito di Sara.

Un quarto d'ora più tardi, mia madre ha chiuso il libro, Luca ha chiuso gli occhi e si è girato su un fianco. La mamma lo ha baciato e gli ha augurato la buona notte.

Allora io mi sono alzata, sono uscita con lei nel corridoio e l'ho abbracciata. Poi le ho detto:
– Ieri mattina ti ho sentita vomitare.
– È normale. Presto non succederà più.
La mamma mi ha stretta più forte e mi ha detto:
– Ricordi quante fiabe ti ho letto o raccontato, prima che ti addormentassi, quand'eri piccola?
– Sì.
– A Luca ne ho lette molto meno che a te. Forse devo recuperare.
Prima di lasciarla, le ho fatto una carezza sulla pancia.

«*Mamma, sei una vera centrale del latte*»

LE DOMENICHE non mi piacciono. E non piacciono neanche a mia madre. È come se la vita si fermasse in modo innaturale. E così ne approfittiamo per chiacchierare più del solito.
In genere sono io che comincio a farle domande.
Oggi le ho chiesto:
– Com'ero da piccolissima?

– Alcune delle mie amiche ti giudicavano un po' tonta – mi ha risposto.

– Perché mi giudicavano scema?

– Mah, perché stavi sempre attaccata a me, sbavavi e hai imparato a parlare più tardi degli altri.

– Forse non ne avevo voglia.

– Forse. Comunque sia, poi hai recuperato in fretta. E proprio quelle che ti avevano compatita, si sono prese da te delle rispostacce che non hanno più dimenticato.

– Io non me lo ricordo.

– Eri piccola, ma eri svelta di lingua. E io ero felicissima di vederti così vispa e disinvolta.

– Voglio chiederti un'altra cosa. Io sono stata allattata da te?

– Che domanda! E da chi, se no?

– Voglio dire, non mi hai dato subito il latte in bottiglia.

– Avevo tanto di quel latte, che avrei potuto nutrire anche due bambine alla volta. E tu succhiavi con una tale furia, che mi sembra di sentire ancora le tue gengive che serrano i miei capezzoli.

– Spero di non averti fatto troppo male.

– Sta' tranquilla, non mi hai mai morso. Ricordo che tuo padre si fermava davanti a noi, ti lanciava un'occhiata stupita e diceva: «Ma non la smette mai, quella?».

– E dimmi un po', è stato lo stesso con Luca?

– Più o meno.

– E sarà lo stesso con Daniele?

– Perché no?

– Mamma, sei una vera centrale del latte.

– Spero non solo di quella, Valentina. Vieni, voglio abbracciarti.

In quel momento è arrivato Luca, e, vedendoci in quell'atteggiamento, ha borbottato:

– Perché abbracci sempre lei? Lo sapevo che non mi vuoi bene. Forse è meglio se me ne vado da questa casa.

Io mi sono staccata da mia madre e gli ho detto:

– Tieni, te la lascio. Mi stava dicendo che tesoro di bambino sei, a volte.

E me ne sono andata nella mia camera.

E chi se l'aspettava?

OGGI POMERIGGIO mi ha telefonato la zia Elsa. Era agitatissima e non riusciva a parlare.

– Valentina... ho bisogno di vederti.

– Zia, cos'è successo?

– Ho... ho una notizia importante da darti.

– Su, dimmela e non tenermi sulle spine.

– No, per telefono non me la sento... Puoi venire subito da me? Sono appena tornata dall'ospedale...

– Dall'ospedale?

– Se vieni, ti spiego tutto.

Mentre andavo da lei, ero davvero preoccupata. Perché era andata all'ospedale? E perché ne era tornata sconvolta? Evidentemente doveva trattarsi del bambino. Speravo proprio che non fossero insorte complicazioni. Eh, no, mi sono detta. Non sarebbe giusto. La zia Elsa aspetta con tanta ansia questo figlio! Si è messa addirittura ad arredare la sua stanza con mesi di anticipo...

Per strada mi sono messa a correre, e quando sono arrivata da lei, ho tempestato di pugni la porta.

– Zia, zia, sono Valentina! Apri!

La zia è venuta ad aprirmi con affanno.

– Scusa, Valentina, ero nel bagno. Sai, un po' di nausea. Vieni, andiamo in cucina.

La zia mi ha preso una mano e mi ha guardata negli occhi.

– Valentina, è incredibile... sono due – mi ha detto.

– Non capisco, zia.

– Oggi ho fatto l'ecografia e... ho due gemelli nella pancia.

– Davvero?

– Sì. Oh, mio Dio, non me l'aspettavo proprio.

Ho fatto un lungo respiro, e ho esclamato:

– Credevo chi sa che!

– Valentina, come farò con due bambini? Io non ero preparata.

– Ne hai di tempo per prepararti, no? Caspita, è un bel colpo. Chi sa se saranno come due gocce d'acqua.

– Valentina, non è mica uno scherzo! Intanto una culla non basta. E poi, avrò abbastanza latte per tutti e due? E se si mettono a piangere nello stesso momento, da chi devo correre per prima?

– Zia, ti prometto che non ti lascerò sola e che verrò da te ogni volta che mi chiamerai.

– Oh, santo cielo! Alla mia prima gravidanza, me ne trovo due sulle braccia.

– Ah, zia Elsa, zia Elsa.

– Tra l'altro, non so come chiamarli. Cioè, avevo già scelto Mattia, ma adesso devo pensare a un altro nome. Tu cosa mi consigli?

– Non saprei. Perché non ti consigli anche con Paride?

Quando l'ho lasciata, zia Elsa era molto più tranquilla. Bisogna che la mamma vada a trovarla più spesso, per darle qualche lezione su come si diventa madri.

Battaglia ai giardini

OGGI Ben non è potuto venire con me, e a casa di Sergio sono andata sola.

– Ciao, Valentina – mi ha detto Genoveffa. – Sergio non vedeva l'ora che arrivassi. Credo che abbia un appuntamento con i suoi amichetti.

Non so con quale coraggio Genoveffa chiami amichetti i bambini con i quali Sergio si incontra ai giardini. Ho dovuto salvarli dalle sue mani più d'una volta, dato che, cinque minuti dopo averli incontrati, bisticcia regolarmente con tutti.

– Non allontanarti da questo spiazzo – gli ho detto. – Io mi siedo su questa panchina a leggere.

Gli altri bambini erano occupati per la maggior parte a scavare buche per terra, e Sergio si è fermato a osservare come procedevano i lavori. Io mi sono concentrata sul mio libro, e, dopo un po', mi sono dimenticata di lui.

Quando ho alzato gli occhi, Sergio non c'era più. Ho visto, invece, un mucchio di bambini addossati gli uni agli altri, che prendevano a pugni e a calci qualcosa.

– Sergio, dove sei? – ho gridato.
– Te lo stanno conciando per le feste! – mi

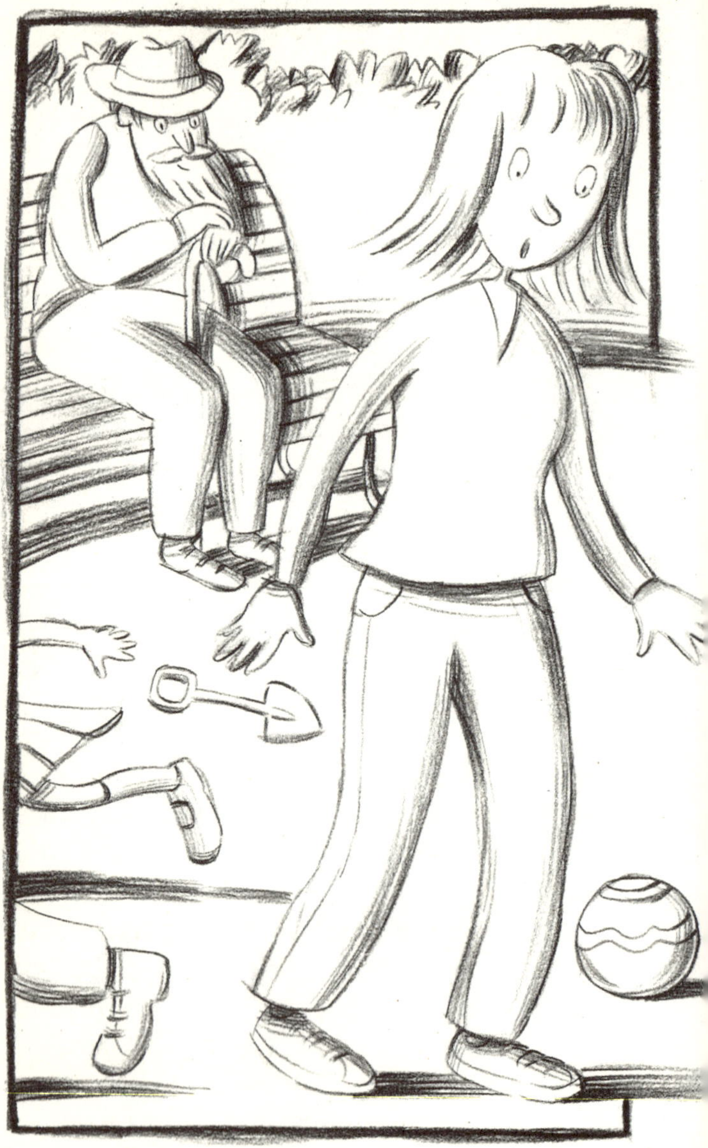

ha detto una donna, che si è allontanata in fretta. – Se lo merita!

Allora sono schizzata verso il mucchio dei bambini, e ho cominciato a dare spinte a questo e a quello. Quando si sono allontanati, per terra ho visto quello che restava di Sergio. Aveva graffi sul viso e sulle mani, i capelli impolverati erano ritti come gli aculei di un porcospino, e da una delle narici scorreva un filo di sangue. Anche un orecchio sembrava ammaccato. I bambini erano spariti insieme ai loro genitori. Era rimasto solo un vecchio, che seduto su una panchina, stringeva un bastone tra le gambe e faceva ciondolare la testa.

– Ha cercato di strappare un orecchino a una bambina, e gli sono saltati tutti addosso – mi ha detto.
– Oh, cavolo! – ho esclamato. E mi sono chinata su Sergio.
Lui però ha girato la testa e ha detto:
– Lasciami stare. Sto per morire. Ma gliela faccio vedere io a quelli!
– Su, vieni con me.
E l'ho aiutato a rialzarsi. Benché ne avesse prese tante, aveva gli occhi asciutti.
Una volta a casa, l'ho spogliato piano piano. Era dolorante, e io sono rimasta a bocca aperta nel vedere i lividi e i graffi che gli segnavano tutto il corpo. Perciò mi è venuto spontaneo esclamare:
– Che vigliacchi! In tanti contro uno. Perché non mi hai chiamata subito?
Sergio ha chinato la testa, e non mi ha risposto. Poi è scoppiato a piangere e si è rifugiato tra le mie braccia. Io l'ho fatto sfogare, gli ho asciugato gli occhi, l'ho accompagnato nel bagno, gli ho lavato la faccia e l'ho medicato.
– Scommetto che tua madre mi dice di non venire più – gli ho detto. – Ma forse è meglio così. Sei troppo anche per le mie forze. Che disgraziati, però. Volevano per caso assassinarti?

– Erano in tanti e non ho potuto sconfiggerli – ha borbottato. – Se avessi avuto una spada o un pugnale...

– Adesso calmati, e aspettiamo tua madre. Meglio di così non potevo ripararti.

Poco dopo, Sergio è andato nel bagno e non si è fatto più sentire. Appena Genoveffa è entrata in casa, però, e prima che io potessi aprire bocca, è uscito di corsa dal bagno. Aveva cerotti dappertutto: sulla fronte, sulle orecchie, sul mento, sul naso, sul collo. È saltato in braccio a sua madre e, ridendo, ha detto:

– Non ci sono più cerotti. Ho giocato al dottore e li ho usati tutti. Fammi da mangiare, ho fame.

Sara e i segreti di famiglia

– TI È PIACIUTO il libro che hai avuto in lettura? – ho chiesto oggi a Sara.

– E chi l'ha letto?

– Guarda che la settimana prossima la professoressa si aspetta la tua relazione.

– Domani le dirò che non posso farla.

– Perché?

– Perché mio fratello ha strappato il libro. Deve averci messo molto tempo, perché quan-

do me ne sono accorta, erano rimaste solo due pagine attaccate alla copertina.
- Non sapevo che avessi un fratello.
- Non lo sa quasi nessuno.
- Cos'è? Un segreto di famiglia?
- Più o meno.
- Come ti regolerai con la professoressa?
- Le racconterò una storia. Io sono brava a inventarne.

Ho sentito che nelle parole di Sara c'era qualcosa di forzato. Eravamo in cortile, e mi sono messa a guardare le foglie di un ippocastano.
- Sai perché mio fratello ha strappato il libro?
- Avrà tre anni e non si sarà reso conto di quello che faceva.
- Ti sbagli, di anni ne ha otto. Che però non sapesse quello che faceva, è vero. Lui combina un sacco di disastri senza sapere quello che fa.

Io sono rimasta zitta e Sara ha continuato:
- Mio fratello non fa ciò che di solito fanno gli altri bambini. Per esempio, lui mangerebbe con le mani, e quando ha i suoi accessi di rabbia, spacca tutto se non lo trattieni. Ma quando è calmo, ride e ti fa ridere. È vero che non mi lascia mai in pace e non mi dà il tempo di studiare. Ma io gli voglio bene lo stesso. Hai capito chi è mio fratello?

Sul viso di Sara è passata un'ombra di tristezza. Ma è scomparsa quasi subito.
- Perché mi hai raccontato tutto questo?
- Perché a qualcuno dovevo pur dirlo. A qualcuno che non lo dirà a nessun altro, perché rispetta i segreti di una compagna. Mi sono per caso sbagliata?
- No, non ti sei sbagliata. Tu non sei solo una compagna, sei anche un'amica.
- Volevo ben dire, Valentina. L'ho capito subito che tu eri un tipo a posto. Bene, prima o poi mi racconterai anche tu qualcuno dei tuoi più torbidi segreti. E adesso presentami come si deve al tuo ragazzo.
- Smettila, Ben è solo un amico, e...

Ma non mi ha lasciata finire. Mi ha presa per un braccio e mi ha spinta verso Ben.
- Avanti, presentamelo – mi ha detto quando siamo state a un paio di metri da lui.

Ben si è girato per salutarmi, e io ho detto:
- Ben, questa è...

Sara si è fatta avanti, mi ha interrotto e ha continuato lei:
- Ciao, Ben. Io mi chiamo Sara. È davvero un piacere conoscerti. Valentina ha insistito tanto. D'altra parte mi sembra giusto. Gli amici di Valentina sono anche miei amici. A proposito, fuori della scuola ho un ragazzo che mi adora. Sono sicura che vi piacerà. Che

ne dite se domenica prossima andiamo al cinema insieme?... Accidenti, è già ora di rientrare. Okay, ci vediamo, Ben, noi dobbiamo andare.

Sara mi ha presa sottobraccio e mi ha trascinata via. Ben ha chiuso la bocca e si è avviato anche lui verso la sua aula.

«*Papà, non pensi che ogni tanto bisogna correre dei rischi?*»

IO PARLO PIÙ con mia madre che con mio padre. Primo, perché lui sta poco in casa. Torna la sera prima di cena, dà un bacio alla mamma, si toglie la giacca e dice: «Che giornata, sono sfinito!». E si siede in poltrona a leggere il giornale. Secondo, perché non abbiamo mai un argomento di cui discutere insieme. Io cerco di trovarne uno, ma non ci riesco.

Eppure mio padre è un tipo che riesce quasi sempre a conservare la calma. E da quando la mamma aspetta un figlio, è diventato molto premuroso.

– Hai bisogno di questo? Hai bisogno di quello? – continua a chiederle. A mia madre viene da ridere.

– In questo momento potrei chiedergli anche la luna – mi dice lei.

– E tu chiedigliela.

– Non sono mica scema. I suoi soldi sono anche i miei e i vostri. Perciò è inutile scialare a sproposito.

Ieri sera, dopo aver aiutato mia madre a lavare piatti, pentole e posate, me ne sono andata in camera mia a finire un paio di esercizi di grammatica. Poco dopo è entrato mio padre ed è andato a sedersi sulla sedia accanto alla finestra.

Prima di parlare, ha dato un'occhiata alle pareti, ai libri allineati sugli scaffali, alla cesta dei giochi di mio fratello, ai nostri letti.

– È come se entrassi per la prima volta nella tua camera – ha detto.

– Che cosa sei venuto a dirmi, papà?

– Ecco, tua madre mi ha detto che a Natale probabilmente andrai in Inghilterra, dai nonni di quel tuo amico... Ben.

– È così.

– Io... volevo dirti che sono un po' preoccupato.

– Guarda che mi sto guadagnando i soldi del viaggio facendo la baby sitter al figlio di Genoveffa. Tu non ci rimetterai una lira, sta' tranquillo.

– Non è ai soldi che penso.

– E allora?

– Tu non sei mai andata in aereo, vero?

– No, mai.

- E non hai paura?
- Ci va un sacco di gente.
- Certo. Però a volte accadono degli incidenti. Al decollo, all'atterraggio, in volo, per un mucchio di imprevedibili ragioni.
- Gli incidenti capitano dappertutto. Anche in un giardino pubblico.
- Sì, ma se capitano su un aereo è più difficile scamparla.

Prima di dirgli che esagerava, ho guardato a lungo mio padre. E quando ho capito che era davvero preoccupato per me, e che non stava cercando scuse per trattenermi a casa, mi sono alzata da dietro la scrivania e sono andata a sedermi sulle sue ginocchia. Lui mi ha abbracciata e mi ha baciata sui capelli.

- E così abbiamo trovato finalmente un argomento di discussione - ho detto.
- Che vuoi dire?
- Niente, papà. Dico che forse hai ragione. Ma non pensi che bisogna correre dei rischi ogni tanto?

Mio padre ha sospirato, mi ha accarezzato i capelli e ha mormorato:

- Va bene, va bene. Non parliamone più.

Io sono scesa dalle sue ginocchia e lui ha detto:

- Adesso bisogna che vada a letto. Sono stanco e spegnerò la televisione. Non voglio

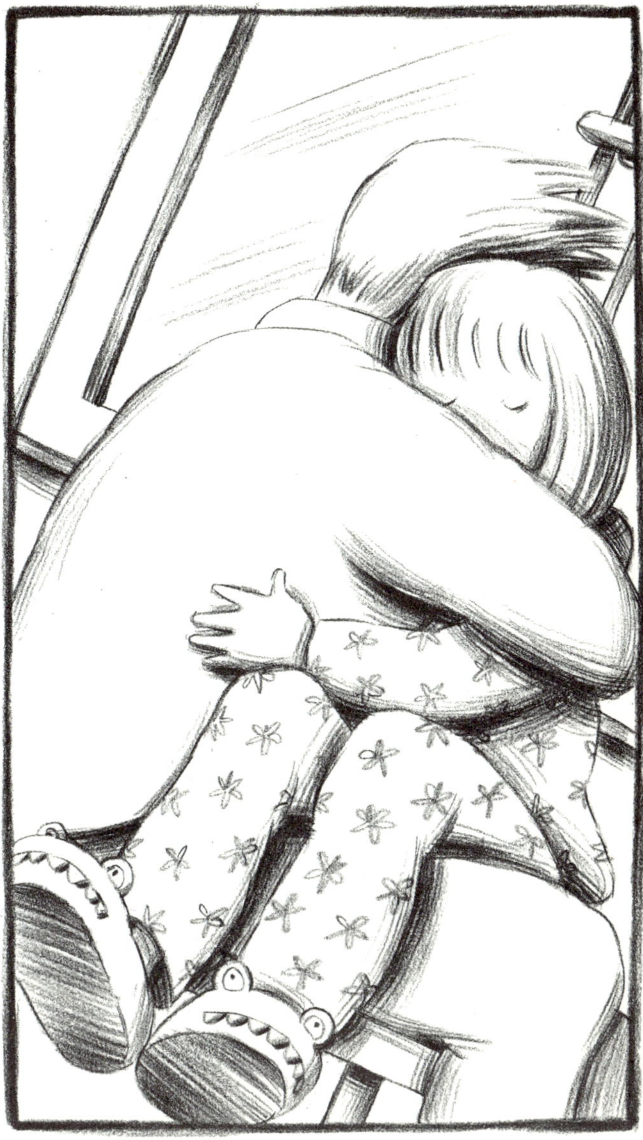

che mi fumi il cervello a forza di guardarla. Buona notte, Valentina.

E, dando un'occhiata ai libri aperti sulla scrivania, ha aggiunto:

– Vedo che continui a cavartela bene a scuola... Se riuscissi a passare un po' della tua voglia a tuo fratello!

In quel momento, Luca è entrato in camera accompagnato dalla mamma.

– Che cosa c'è? Riunione di famiglia in camera di Valentina? – ha detto mia madre sorridendo.

– Ho dato la buona notte a mia figlia – ha detto mio padre. – Forse non si può?

Ed è uscito borbottando.

«Ti sta baciando! Ti sta baciando! Adesso lo dico alla mamma»

A VOLTE Ben viene a fare i compiti a casa mia. Ho una scrivania molto grande, sicché ci sediamo uno di fronte all'altra e studiamo, più o meno in silenzio, per un paio d'ore circa.

Quando ho un compito di inglese, Ben si siede accanto a me e mi legge i brani o le frasi che devo imparare a memoria.

Oggi, mentre lo ascoltavo leggere, ho pensato che Ben è cambiato molto. Ha perso ogni timidezza, e a volte è persino spavaldo, anche se non esagera mai.

A parte ogni tanto, come oggi.

Dopo aver ripetuto sette o otto volte le frasi del libro, gli ho detto:

– Basta, adesso sono stufa. Ormai le so pronunciare meglio di te.

– Non è vero. Ancora non riesci a mettere la lingua fra i denti come si deve.

– Smettila di fare il professore. Diventi ridicolo.

Ben si è alzato e mi ha messo una mano sulla spalla. Poi si è chinato e mi ha dato un bacio. In quel momento mio fratello ha fatto irruzione nella camera, e, vedendo Ben con la bocca attaccata alla mia guancia, ha gridato:

– Ti sta baciando! Ti sta baciando! Adesso lo dico alla mamma.

Ed è fuggito, prima che potessi trattenerlo.

Stasera, mentre l'aiutavo ad asciugare le stoviglie, ho chiesto a mia madre:

– Che cosa ti ha detto Luca, a proposito di Ben e di me?

– Niente che mi preoccupi. Luca è un bambino, e si comporta da bambino in ciò che fa e ciò che dice.

Una telefonata di Rosalia

ROSALIA, la nostra amica, è già informata che la mamma aspetta un bambino. Perciò telefona ogni tanto e si fa delle chiacchierate con lei.

Dopo essere rimasta a lungo al telefono, stasera mia madre è venuta a parlarmi.

– Era Rosalia – ha cominciato. – Mi ha detto che ha affittato, per tutto l'anno, una casa in un paese di mezza montagna. Si chiama Faedo ed è a pochi chilometri da Trento. Pare che l'ambiente sia tranquillo e che si possano fare delle belle passeggiate nei dintorni. Inoltre poco lontano c'è una deliziosa pineta. Ebbene, Rosalia mi ha invitata a passare uno dei prossimi fine settimana con lei. Tu che ne dici, Valentina?

– Vuoi dire che, eventualmente, ci andremmo solo noi due?

– Sì, c'è una sola stanza per gli ospiti.

– Questo fine settimana a scuola facciamo un ponte, perciò ho tre giorni liberi. Perché non ci andiamo subito?

Mio padre ha sbuffato meno dell'altra volta. Si trasferirà con Luca dai suoi, ed eviterà di cucinare e di combinare pasticci.

E così sabato mattina partiamo per Trento. Alla stazione ci aspetterà il marito di Rosalia e ci porterà a Faedo in macchina.

È il mio secondo viaggio con la mamma.

Le stelle di Faedo

SIAMO ARRIVATE a Trento verso mezzogiorno. Il marito di Rosalia ha caricato sull'auto le nostre valigie e siamo partiti alla volta di Faedo.

Appena l'auto ha cominciato a salire, ho guardato in basso e ho contemplato la valle dell'Adige piena di sole.

Rosalia era affacciata al balcone, e ha salutato la mamma con un grido.

– Sono così felice di rivederti – ha detto abbracciandola. – Questa casetta è a tua disposizione ogni volta che vorrai. Ciao, Valentina. Perbacco, sbaglio o sei diventata più alta dall'ultima volta che ti ho vista? Venite, vi faccio vedere la vostra camera.

Anche questa volta, nella stanza c'era solo un letto grande. Ho aperto le due valigette, ho tirato fuori biancheria e pigiami e ho sistemato il tutto nel cassetto di un comò un po' tarlato. Nella stanza aleggiava un profumo di lavanda e un odore di antico.

Quando la mamma e io ci siamo messe a letto, le lenzuola sembravano bagnate. Allora ci siamo strette una all'altra e, per un'ora circa, abbiamo riso e chiacchierato a bassa voce, per non disturbare Rosalia e il marito, che dormivano nella stanza attigua alla nostra.

Prima di addormentarmi, ho chiesto alla mamma:

– Dimmi la verità, vuoi davvero che vada in Inghilterra? Sei sicura di poter fare a meno di me? Non sei preoccupata di vedermi partire in aereo?

– Valentina, sono contenta che tu faccia questa esperienza. Sono certa che ti aiuterà a crescere e che ti renderà più indipendente. D'altra parte, non vai in capo al mondo. E il telefono è sempre a portata di mano.

Io mi sono stretta a lei ancora più forte e ho guardato attraverso i vetri della finestra. In cielo c'erano le stelle e in lontananza si vedevano nereggiare i profili delle montagne.

La mamma ricorda

ANCHE STAMATTINA, domenica, c'era il sole. Ma faceva freddo. Verso le dieci, tuttavia, la temperatura si è molto addolcita. Così ho detto a mia madre:

– Perché non raggiungiamo la pineta?

– In un quarto d'ora ci si arriva – ha detto Rosalia. – Volete che vi accompagni mio marito? Io non posso lasciare da solo il bambino.

– No, non importa – mi sono affrettata a ri-

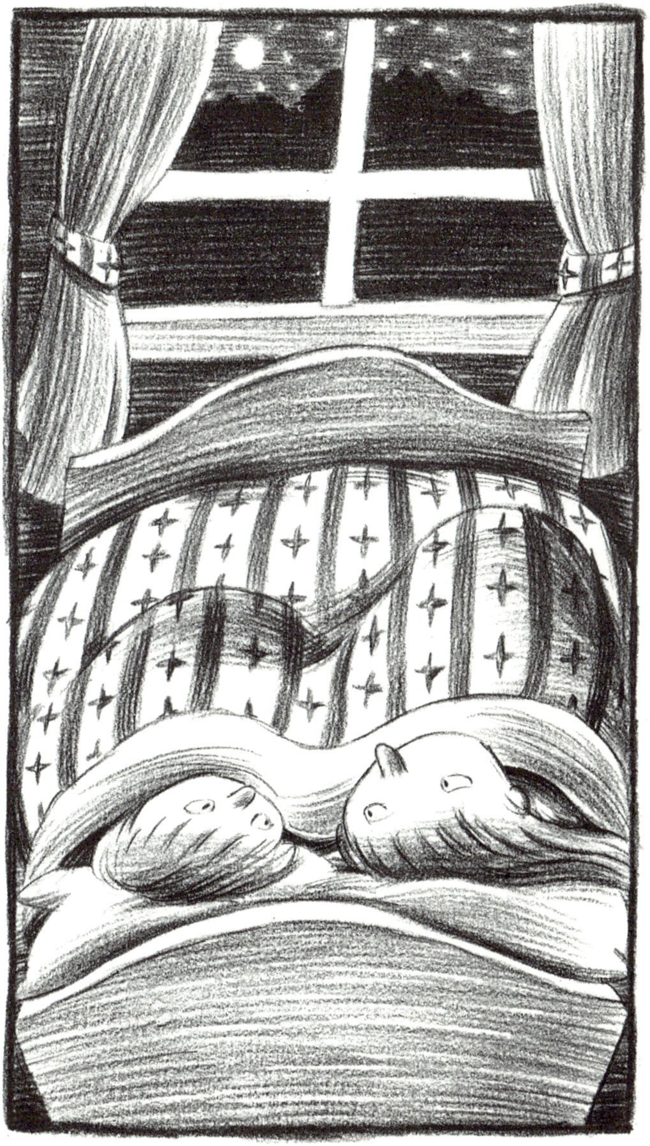

spondere. – La mamma e io sappiamo come arrivarci.

In effetti, prima di fare la mia proposta, avevo osservato con attenzione il sentiero che usciva dal paese e conduceva direttamente alla pineta, dopo aver oltrepassato un albergo sulla destra.

Abbiamo indossato degli abiti pesanti, e ci siamo avviate tenendoci per mano. Camminavamo piano, perché non volevo che la mamma si stancasse. Ogni tanto le chiedevo:

– Vuoi che ci fermiamo? Te la senti di andare avanti?

– Sto benissimo, Valentina. E mi sto godendo questa passeggiata.

– Che ne dici se le prossime vacanze estive le passiamo quassù? Potremmo affittare un appartamento o alloggiare in quell'albergo.

Mia madre ha scrollato la testa.

– Daniele avrà solo pochi mesi. Forse ci converrà restare in città. Decideremo all'ultimo momento.

Entrando nella pineta, mi è passata la voglia di parlare. C'era un profumo intenso di pini, il sole illuminava qua e là delle piccole radure e a me sembrava di camminare in un paesaggio da fiaba. Mi sono stretta a mia madre e le ho messo un braccio intorno alla vita.

– Lo sai che da bambina non ho mai passeggiato con mia madre, come in questo momento sto facendo con te? – mi ha detto la mamma. E ha continuato: – Mia madre era molto delicata e usciva poco di casa. Io passavo molto del mio tempo con lei, anche se continuava a dirmi: «Non stare sempre chiusa dentro. Vai a giocare con le tue amiche». Ma io non volevo saperne di lasciarla da sola. C'era qualcosa che non andava nei suoi polmoni e si stancava facilmente a parlare e a camminare. Mi sembra di vederla, mentre si muoveva curva e silenziosa, come se non avesse peso o non poggiasse i piedi per terra. Non era una donna triste, mia madre. Anzi, mi diceva che la vita andava presa con allegria. E lei stessa me ne dava l'esempio, non parlando mai della sua malattia. Quando conobbi tuo padre, fu molto felice. Fu lei che mi spinse a sposarlo. Io, forse, avrei continuato a rimandare il matrimonio per anni. Ma a un certo punto lei disse: «Basta, bisogna che ti sposi. Non puoi passare la tua vita a farmi da infermiera e da guardiana. Non è giusto e non lo voglio». Sposai tuo padre, ma buona parte delle mie giornate le passavo a casa di mia madre. Quando rimasi incinta, sembrò rinascere. Seguì con ansia la mia gravidanza, ed era come se fossimo in due ad aspettarti. Per fortuna fece in tempo a vederti. Due settimane dopo che tu nascesti, morì.

Io ho abbracciato la mamma e le ho chiesto:
– Perché non mi hai mai raccontato questa parte della tua vita?
– Non so. È probabile che sia affiorata alla mia memoria ora che aspetto un bambino, e che ci siamo trovate sole in questo bosco.

Verso mezzogiorno siamo uscite dalla pineta, e abbiamo ripreso il sentiero che conduceva a casa di Rosalia.

*«Un topo! Un topo!
Evviva! Evviva!»*

APPENA TORNATA a casa da Faedo, Genovefa mi ha telefonato e mi ha chiesto:
– Valentina, posso contare su di te per oggi pomeriggio?

Sono arrivata da lei verso le quattro, ed ero in cucina quando Sergio ha gridato:
– Un topo! Un topo! Evviva! Evviva!
– Che cosa ti prende? – gli ho chiesto entrando nel salotto.
– C'è un topo, c'è un topo! È entrato dal balcone. Adesso lo dobbiamo catturare.

Naturalmente non gli ho creduto, e stavo per dirgli: «Smettila, e vieni in cucina. La merenda è già pronta». Ma ho solo aperto la bocca, perché il topo mi è guizzato tra le gambe e si è infilato sotto la credenza.

– Ah, l'hai visto anche tu! – ha urlato Sergio battendo le mani. – Brutto topo schifoso, adesso ti uccidiamo.

I topi mi fanno senso, ma non avevo nessuna intenzione di ucciderlo.

Sergio è corso alla porta del salotto.

– Dobbiamo chiudere a chiave, così non potrà scappare – ha detto.

Il topo però è uscito da sotto la credenza, ha schivato una pedata di Sergio ed è sfrecciato nel corridoio.

– Ah, maledetto! – ha urlato Sergio. – Dove sei, vieni qua!

Io ho preso una scopa per snidare il topo, e mi sono diretta dapprima nella camera di Genoveffa.

– È qui! È qui! – ha gridato Sergio dal bagno.

Io sono corsa per dirgli:

– Aiutami a farlo tornare nel salotto e a farlo uscire sul balcone.

Ma Sergio aveva gli occhi accesi e sembrava un ossesso. Prima ha cercato di prendere a calci il topo, che faceva balzi acrobatici per sfuggirgli. Poi ha cominciato a bersagliarlo con tutto quello che gli capitava sotto mano: una saponetta, il rasoio di suo padre, un guanto di spugna.

– Che cosa fai? Sei impazzito? Smettila subito – gli ho detto.

– L'ho preso! L'ho preso! – ha gridato a un certo punto. In realtà, il topo, per un paio di secondi, è rimasto nascosto sotto il guanto. Ma poi ne è uscito, è saltato alle spalle di Sergio ed è fuggito nel corridoio.

Sergio ha stretto i denti e gli è andato dietro.

Evidentemente il topo, spaventato, non era più in grado di agire con prudenza, perché è andato ad acquattarsi addirittura sulla trapunta del letto di Genoveffa.

Quando lo ha scorto, Sergio gli ha urlato:

– Vai via subito di lì, lurida bestiaccia! – e si

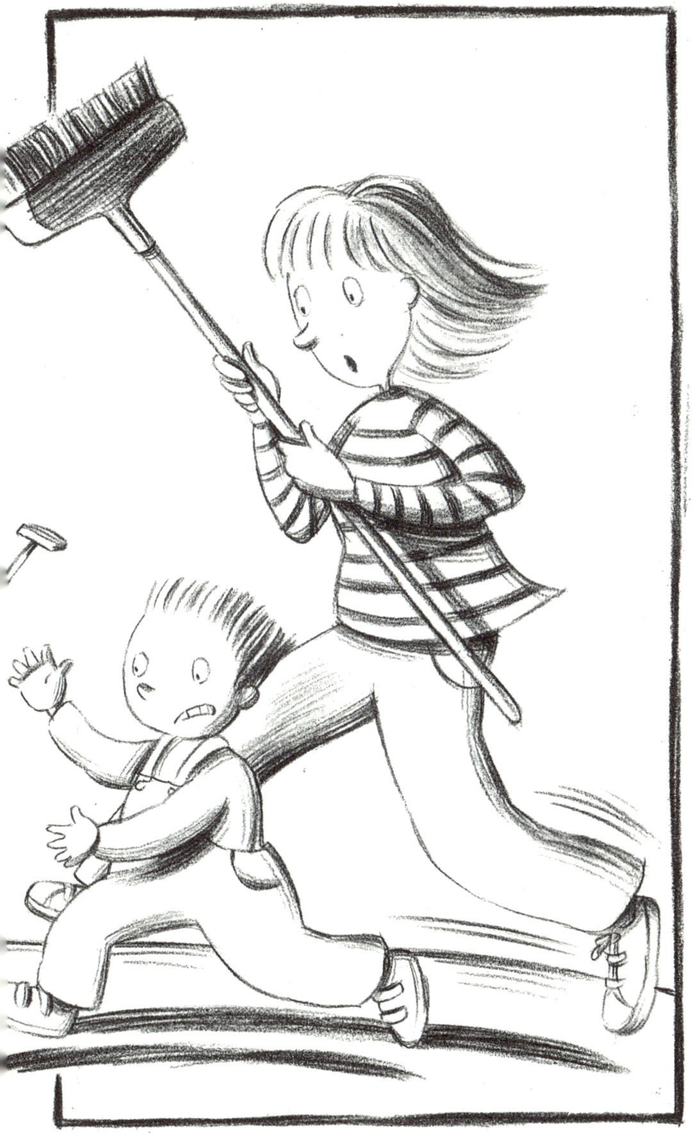

è gettato a pesce sul letto. Il topo non è stato ad aspettarlo, è saltato sul pavimento ed è tornato nel salotto.

Io sono andata a spalancare la finestra del balcone, mentre Sergio serrava i pugni e pestava i piedi. Mi sono chiesta come mai quel poveraccio d'un topo non fosse ancora morto di terrore.

Ma lui non aveva intenzione di morire, e io gli avrei dato una mano a salvarsi. Perciò, quando l'ho visto rintanato e tremante in un angolo, mi sono avvicinata e con la scopa ho cercato di guidarlo verso il balcone. Sergio però se n'è accorto ed è corso verso di me. Prima lo ha bloccato con un piede, poi gli ha dato un calcio e lo ha fatto volare in strada.

Il topo è precipitato volteggiando sul marciapiede, ed è rimasto immobile per qualche istante. Tanto è bastato perché Sergio gridasse:

– Ho vinto io! Ho vinto io!

Ma il grido si è trasformato in un gemito quando il topo si è rimesso sulle zampe, si è guardato intorno e se n'è andato trotterellando in direzione dei giardini.

– Non era morto! Non era morto! – ripeteva Sergio, rabbioso.

Io mi sono accasciata su una poltrona, e ho chiuso gli occhi.

Zia Elsa
e l'ossessione dei gemelli

OGGI ERA SABATO. Zia Elsa mi aveva preannunciato che sarebbe venuta a prendermi nel pomeriggio, ed è arrivata puntuale. Mezz'ora dopo eravamo in centro.
– Vorrei che mi aiutassi a scegliere – mi ha detto. – Ormai è tempo che pensi agli abitini per i piccoli, non ti pare? Non voglio fare spese pazze, sia chiaro. Ma voglio qualcosa di carino.

Davanti ai negozi che mostravano in vetrina abiti stupendi per neonati, la zia rimaneva incantata ed esclamava:
– Bello quello lì. Ma anche quello mi piace. Però quanto costano!

Dopo aver girato un paio d'ore, siamo entrate in una cremeria e abbiamo ordinato tè e pasticcini.
– Valentina, ho un pensiero che mi tormenta – mi ha detto a un certo punto la zia.
– Avanti, parla.
– Ecco, mi chiedo che cosa penseranno quando capiranno di avere una mamma non più giovane.
– Zia, hai poco più di quarant'anni.
– Già, ma quando loro ne avranno dieci, io ne avrò cinquanta.

– E allora?

– E allora non so se si confideranno con me, come io vorrei che facessero. Pensa a te e a tua madre. Tu credi che andresti d'accordo con lei, se non fosse giovane com'è? A volte, quando vi osservo, mi sembrate due sorelle, più che una madre e una figlia.

– Mia madre non è mia sorella. E i tuoi gemelli non devono essere tuoi fratelli. Secondo me, te la caverai benissimo. Non pensarci troppo, zia.

Zia Elsa ha annuito e ha cominciato a bere il suo tè. Poi ha detto:

– Mi è venuta una gran voglia di mangiare cioccolata. E devo fare uno sforzo tremendo per controllarmi.

– Dai, te ne offro io una tavoletta.

– No, lascia stare. Il medico non sarebbe d'accordo.

– Lo vedi spesso?

– È una dottoressa. Una donna in gamba, comprensiva e simpatica. Io andrei da lei tutti i giorni, se non dovessi pagare salato ogni volta che mi visita.

– È tutto a posto?

– È tutto a posto. Io, però, sono preoccupata lo stesso.

– Perché?

– Come sono veramente due gemelli? E se,

crescendo, non andranno d'accordo, io cosa devo fare per rappacificarli?
– Ho paura di non esserti di molto aiuto, zia.
– Invece mi aiuti moltissimo. Basta che mi ascolti, e io sto già meglio. E adesso andiamo, perché è tardi. A proposito, cosa vuoi che ti regali per Natale?
– Decidi tu. Ma è probabile che mi trovi in Inghilterra, in quei giorni.
– Ah, già. Tua madre mi ha accennato a quel tuo amichetto inglese. Com'è che si chiama?
– Ben, ma non è un amichetto. È un amico e basta.
– Perché non me lo fai conoscere? Venite insieme da me un giorno. Faremo merenda in tre e chiacchiereremo un po'.

Quante lodi, zia Elsa!

ZIA ELSA ci ha accolti con un gran sorriso, ci ha accompagnati nel soggiorno e ha subito sommerso Ben di domande. Gli ha chiesto quanti anni aveva, com'erano i suoi genitori, com'era l'Inghilterra, quali erano i suoi progetti.

Io ascoltavo le domande di zia Elsa, le risposte incerte di Ben, e non sapevo cosa pensare di quello che mi sembrava un interrogatorio poliziesco.

A un certo punto l'ho interrotta e ho detto:
- Zia, forse Ben non sa ancora quale sarà il suo futuro. Perché non rimaniamo al presente?
- Hai ragione, Valentina.
E, smettendo di fare domande a Ben, ha cominciato a parlargli di me.
- Sai, Ben, io sono molto fiera di mia nipote. Valentina è una ragazza in gamba e ha un ottimo carattere. È disinvolta, sicura e ha sempre le idee chiare. Quando ho dei dubbi, è a lei che mi rivolgo per scioglierli. Perciò devi ritenerti fortunato di averla per amica.
- Zia, cosa dici?
- Sto dicendo la verità, Valentina. Immagino che Ben ti conosca già molto bene, ma voglio che sappia cosa io penso di te. E se gli dico che è fortunato a godere della tua affettuosa amicizia...
- Affettuosa?
Ma non sono riuscita a interromperla.
- Valentina non è mai stata una bambina superficiale ed è una ragazza con la testa sul collo. Parlare con Valentina dà sempre una grande soddisfazione. Non è facile trovarne molte come lei, credi a me. Perciò tienitelo caro questo fiore di ragazzina.
A quel punto mi sono alzata e ho detto:
- Zia, dobbiamo andare, io ho molti compiti da fare e Ben ha ospiti in casa.

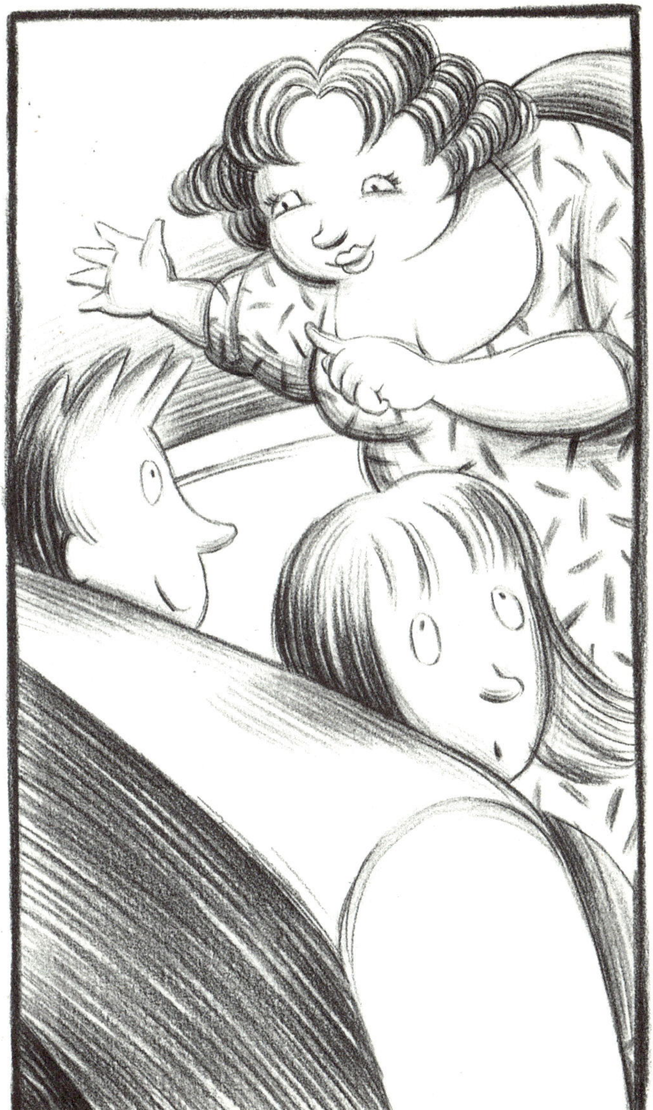

– Di già? Mi sarebbe piaciuto parlare più a lungo. Siete così carini, che è un piacere vedervi insieme.

– Ciao, zia. Ci sentiamo.

La zia mi ha guardata a bocca aperta. Ma io non le ho permesso di aggiungere altro e sono scappata per le scale, seguita da Ben.

Prima di andare a letto, la zia mi ha telefonato e mi ha detto:

– Valentina, mi sei sembrata un po' arrabbiata quando sei andata via. Ho detto qualcosa che non andava?

Io sono scoppiata a ridere e ho detto:

– Zia, hai solo parlato troppo. Non pensiamoci più.

– A ogni modo quel Ben mi sembra un gran bravo ragazzo. Forse è un po' timido, ma per il resto...

– Buona notte, zia.

– Buona notte, Valentina.

Sara e i baci sulla bocca

– PRESTO, fammi copiare il compito di matematica – mi ha detto Sara, appena siamo entrate in classe stamattina.

Io ho tirato fuori il quaderno dallo zaino e

gliel'ho passato. Ma è riuscita a copiare solo un paio di esercizi. La professoressa è arrivata subito dopo, e ha chiamato proprio Sara per prima. Naturalmente le ha rifilato una nota, perché il compito non era finito.

Sara ha ripreso diario e quaderno ed è tornata a sedersi accanto a me.

– Perché non hai fatto il compito? – le ho chiesto.

– Perché ho dovuto occuparmi di mio fratello, e la sera ero stanca. Mia madre sta poco bene e a lui devo pensarci io. Ma questo alla prof non andrò a raccontarglielo.

Quando siamo uscite nel corridoio per l'intervallo, Sara mi ha presa sottobraccio e mi ha trascinata verso i gabinetti.

– Voglio farti vedere una cosa – mi ha detto.

E dalla tasca posteriore dei jeans ha tirato fuori una foto tessera.

– È il mio ragazzo – ha detto.

Io ho preso la foto e l'ho guardata attentamente. Avevo davanti il viso un po' imbambolato di un bambino, e ho pensato che Sara volesse prendermi in giro.

Ma lei ha precisato:

– Si chiama Paolo e ha undici anni come me. Abita vicino a casa mia e ci vediamo tutti i pomeriggi sotto gli androni del nostro caseggiato.

E ha aggiunto:
– Lo sai che da un po' di tempo ci baciamo?
– Davvero?
– Sì. Immagino che anche tu ti baci con Ben, vero?
Io ho evitato di guardarla e non ho risposto.
– Quando Paolo e io stiamo insieme, mi sento molto tranquilla. Mi dimentico delle urla di mio fratello, della prof di matematica, eccetera.
– Sono contenta per te.
– Sai, ultimamente mi ha detto che vorrebbe baciarmi sulla bocca. Io però gli ho detto di no. E se un giorno si mette con un'altra? Lui giura che sarò la sua ragazza per sempre. Ma io non so se fidarmi. Tu che ne dici?
– Io questo Paolo non lo conosco.
– E tu, – ha ripreso Sara – hai mai baciato Ben sulla bocca?
– Quante volte ti devo ripetere che Ben è solo un amico, e che io gli amici li bacio solo quando traslocano o partono per un lungo viaggio?
– Che cosa c'è, non ti fidi più di me?
– Oh, Sara! Sei un bel tipo tu. Ma non voglio raccontarti bugie.
– Io invece credo che me le stai raccontando. Che ti costa dire che tu e Ben vi baciate? Tanto io non lo direi mai a nessuno.

– Io non ho mai baciato Ben. È stato lui che...
– È stato lui che... Perché ti sei fermata? Su, vai avanti.
– Sara, adesso mi hai proprio seccata. Lasciami stare, va.
E mi sono allontanata irritatissima.
Quando è venuta a sedersi accanto a me, come se non mi conoscesse, mi sono detta che ero stata una stupida. Allora le ho messo un braccio intorno alle spalle e le ho mormorato in un orecchio:
– È vero, qualche volta Ben mi ha baciata.
Sara ha sorriso e ha detto:
– Lo sapevo.
Io però ho precisato:
– Ma lo ha fatto senza il mio permesso.

Sergio parte in esplorazione sotto la pioggia

OGGI POMERIGGIO non avevo proprio voglia di andare da Sergio. Piove da due giorni, e pensavo che Genoveffa se ne sarebbe stata a casa, per occuparsi lei del figlio.
Invece mi ha telefonato e mi ha detto:
– Valentina, ti aspetto come ogni martedì.

Allora mi sono consolata pensando che il suo appartamento è ben riscaldato. Se Sergio se ne fosse stato tranquillo, avrei potuto passare un paio d'ore a leggere.

Ma Sergio, appena uscita la madre, mi ha detto qual era l'idea che lui si era fatto di quel pomeriggio.

– Voglio andare ai giardini – ha detto.

– Stai scherzando, o sei cieco? Non vedi quanta pioggia cade da due giorni?

– Non importa. Io non sono mai stato ai giardini quando piove.

– Io ai giardini, con questa pioggia, non ci vado.

Sergio mi ha lanciato uno sguardo di sfida e se n'è andato nella sua camera. L'ho sentito armeggiare per un po', e quando mi ero convinta che si fosse messo a giocare per conto suo, si è presentato davanti a me e mi ha detto:

– Ci vediamo più tardi.

Non credevo ai miei occhi. Indossava un K-way verde, un paio di stivali azzurri e dei guanti di lana.

– Ehi, ferma... dove vai? – ho balbettato.

– Ai giardini.

Sembrava davvero deciso. Allora ho pensato che se avessi cominciato una lotta con lui, il pomeriggio poteva finir male. Perciò gli ho detto:

– Va bene. Ma ci stiamo solo qualche minuto.

Ho messo il mio giubbotto, mi sono annodata la sciarpa al collo e ho preso l'ombrello.

– Cinque minuti, non di più – gli ho ricordato. E ho chiamato l'ascensore.

Ai giardini, ovviamente, non c'era nessuno, e i vialetti erano attraversati da rigagnoli d'acqua. Sergio camminava accanto a me in silenzio, e io ascoltavo il picchiettio della pioggia sulle foglie e sui rami.

Ma quando un colpo di vento mi ha quasi strappato di mano l'ombrello, ho desiderato essere al caldo nell'appartamento di Genoveffa.

E ho detto a Sergio:

– Su, torniamo a casa. È stata una bella passeggiata, ma adesso ho freddo.

Sergio però non era più al mio fianco. Io mi ero smarrita nei miei pensieri e lui ne aveva approfittato per allontanarsi.

– Dove sei? Non fare lo stupido. Rischiamo di beccarci un malanno.

Ma la mia voce si è persa nella pioggia.

– Su, smettila di giocare. Sta cominciando a piovere più forte. Dove ti sei nascosto? Io non sono disposta a inzupparmi per colpa tua. Ho già i piedi bagnati... Va bene, adesso me ne vado. Tra poco sarà buio del tutto e voglio vedere come te la caverai con i fantasmi della pioggia.

E mi sono diretta verso il cancello. Sergio mi ha raggiunta e si è messo al mio fianco.

– Non correre! – ha gridato. E quando ho rallentato, mi ha chiesto: – Chi sono i fantasmi della pioggia?

Ma non gli ho risposto. Ho però spalancato gli occhi, quando è entrato con me nell'ascensore. Aveva i capelli grondanti, i pantaloni inzuppati e la faccia rigata di fango.

– Che cosa hai combinato? – gli ho chiesto.

– Sono andato a fare un'esplorazione e sono inciampato in un serpente affogato in una pozzanghera.

Io mi sono tolta le scarpe e le calze, ho cercato un paio di pantofole di Genoveffa e ho detto:

– Fammi vedere in che condizioni sei.

Sergio tremava come una foglia, e ho pensato che se volevo evitargli una bronchite, dovevo ficcarlo subito in una vasca d'acqua calda. Così l'ho portato nel bagno, l'ho spogliato e l'ho fatto sedere nell'acqua fumante.

Dopo averlo asciugato, strofinato e rivestito, siamo andati a sederci sul divano e per poco non ci siamo addormentati.

Quando ho sentito la chiave di Genoveffa girare nella toppa, Sergio mi ha detto:
– Il serpente c'era davvero. Era grosso, nero e puzzava. Ma tu non mi credi, lo so. Vattene via. Non voglio più parlare con te.

Un incontro imprevisto a Porta Palazzo

AL MERCATO DI PORTA PALAZZO sono stata tre o quattro volte con la mamma. E ogni volta che ne venivo fuori, mi girava la testa.

Tuttavia, stamattina, quando mi sono alzata, ho pensato: «E se andassi a curiosare un po' a

Porta Palazzo? I professori sono in sciopero e non c'è scuola».

Non volevo andarci da sola, però. Allora ho telefonato a Ben e gli ho detto:
- Ti va di venire con me a Porta Palazzo?
- A far che?
- Niente. A guardare.

Un'ora dopo ci siamo affacciati sulla piazza stracolma di gente. Ma prima di attraversare la via che la taglia in due, Ben mi ha detto:
- Guarda quella.

E mi ha indicato una vecchia infagottata, che si piegava in avanti per raccogliere da terra una borsa di plastica. Aveva i capelli avvolti in una sciarpa e indossava un paio di cappotti. Ai piedi portava delle ciabatte scalcagnate.
- Diamole una mano – ho detto.

Ci siamo avvicinati, e io mi sono chinata per prendere la borsa. Ma lei mi ha bloccata con un grido:
- Ferma là. Ladra!

Io l'ho guardata negli occhi cerchiati di nero, e ho detto:
- Volevo solo prenderle la borsa.
- Per fregarmela, vero? Vi conosco voialtri. Andate via, o chiamo un vigile.

Io sono diventata rossa e le ho detto:
- Allora si arrangi. E provi a prenderla da sola, se ci riesce.

E mi sono allontanata con Ben.
Dopo pochi passi, Ben si è girato e ha detto:
– Non ce la fa mica.
Anch'io mi sono girata e l'ho vista annaspare verso la borsa, che sembrava irraggiungibile.
– Vieni, torniamo da lei – ho detto. – E se mi dà di nuovo della ladra...
Quando ci ha visti, ha borbottato:
– Di nuovo qui siete?
Io ho sbuffato e ho sollevato la borsa piena di indumenti.
– Se sta andando a casa, possiamo portargliela noi – ho detto.
Lei si è guardata intorno e ha grugnito:
– È colpa delle dita. Non riesco più a piegarle.
Si è avviata e noi l'abbiamo seguita. Poco dopo ha imboccato una delle tante stradine che circondano la piazza, e si è fermata davanti al portoncino di un palazzo scrostato. Lo ha spinto e ci siamo trovati in un andito buio.
– Abito al primo piano – ha mormorato.
Sul pianerottolo si affacciavano due porte, senza la targhetta al fianco. La vecchia si è frugata in tasca, ha tirato fuori una chiave e ha cercato invano di infilarla nella toppa.
– Dia qua – ha detto Ben, che ha preso la chiave e ha aperto.
Siamo entrati in una stanza che doveva es-

sere la cucina, e io sono corsa subito ad aprire la finestra, perché l'aria era irrespirabile.

Nella stanza non entrava molta luce e c'erano poche cose: un fornellino a gas, una credenza a vetri, un tavolo grezzo e due sedie. Nell'acquaio c'erano dei piatti sporchi e una bottiglia di plastica con un po' di detersivo. Una porta socchiusa lasciava intravedere un letto con la testiera di ferro. Un'altra porta doveva nascondere un minuscolo gabinetto.

Ben si è soffermato sui piatti deposti nell'acquaio e ha scosso la testa. Ho girato la manopola del rubinetto e ne è venuto fuori uno scroscio d'acqua fredda.

– Potete andare. E chiudete la porta – ha detto la vecchia andando in camera da letto.

Mi sono tolta il giubbotto e l'ho dato a Ben.

– Che cosa vuoi fare? – mi ha chiesto.

Mi sono rimboccata le maniche, ho spremuto un filo di detersivo e ho cominciato a strofinare con una spugna lo sporco incrostato dei piatti. Dopo averli resi adatti a mangiarci dentro di nuovo, mi sono affacciata nella camera della vecchia e ho mormorato:

– Noi ce ne andiamo.

Ma non deve avermi sentita. Era coricata su un fianco e aveva gli occhi chiusi.

Mentre tornavamo a casa, ho detto a Ben:

– Che ne dici, andiamo a trovarla di nuovo?

– Se vuoi.
– Magari lunedì pomeriggio, all'uscita da scuola.
– D'accordo. Chi sa se ci aprirà, però.

Una cena silenziosa

IN EFFETTI, ho dovuto bussare più volte, prima che dall'interno una voce dicesse:
– Sono a letto, andate via.
– Abbiamo portato un po' di detersivo per i piatti – ho detto io.
– E anche qualche altra cosa – ha aggiunto Ben.

Io avevo con me anche una bottiglia di latte, un vasetto di miele e un barattolo di marmellata. Ben, invece, aveva portato una scatola di biscotti, dei formaggini, quattro arance e due banane.

La porta si è aperta, e la vecchia ha borbottato:
– Che cosa volete?

Io mi sono affrettata a rispondere:
– Le abbiamo portato qualcosa di utile. Non è granché, ma...

Allora si è fatta indietro ed è andata a sedersi vicino alla finestra.

Io ho tirato fuori il contenuto delle nostre borse, e l'ho messo sul tavolo.

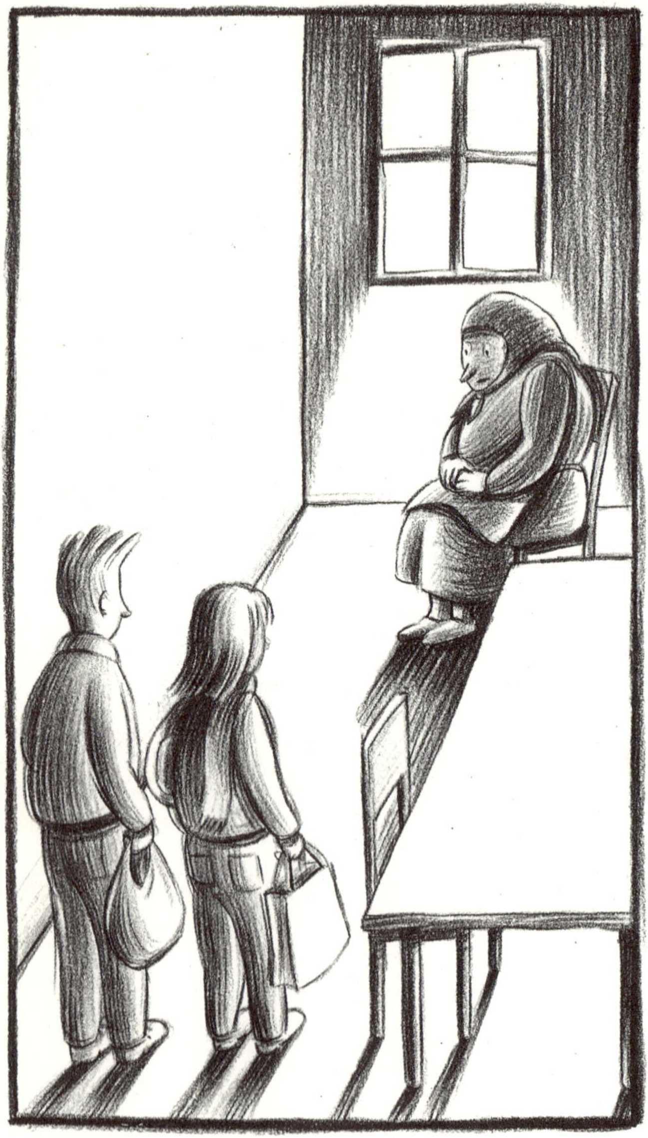

La vecchia ha guardato quella piccola provvista e ha detto:
– Non ho i soldi per pagare.
– Non l'abbiamo mica comprata. È tutta roba di casa nostra – ha detto Ben.
– A che ora cena? – le ho chiesto.
– Presto.
– Adesso sono le sei. È presto?
– Io ceno sempre a quest'ora.
– Però non ha ancora preparato niente.
– Stasera non ho fame.
– Non le andrebbe un po' di latte caldo?

Al suo grugnito, mi sono diretta verso la credenza. Ho aperto le antine di vetro e ho cercato un pentolino. Ce n'era uno che sembrava arrugginito, ma era solo annerito e sporco. L'ho strofinato con la spugna nuova e il detersivo che avevo portato da casa, e l'ho messo sul fornellino a gas. Mentre il latte bolliva, ho cercato anche una scodella. Ne ho trovata una un po' sbreccata, l'ho riempita di latte caldo fino all'orlo e ci ho versato due cucchiai di miele. Poi ho aperto la scatola dei biscotti.

La vecchia si è avvicinata al tavolo e io ho fatto cenno a Ben di seguirmi nella camera da letto. Ho spalancato una finestrella che dava su un vicolo silenzioso, e dopo aver respirato profondamente, ho detto a Ben:
– Aiutami a togliere le coperte e le lenzuola. Voglio dargli una scrollata all'aria.

Le coperte erano due, non molto pesanti e con le frange. Le lenzuola erano azzurre ed erano cosparse di macchie scure.

– E se ci prendiamo un'infezione? – ha detto Ben.

Rifatto il letto, e sprimacciato un cuscino senza federa, siamo tornati in cucina. La scodella era vuota e sul tavolo c'era una larga chiazza di latte. Avevo portato la spugna e il detersivo, ma mi ero dimenticata di prendere uno strofinaccio.

– Noi dobbiamo andare – ho detto dando un'occhiata all'orologio.

La vecchia ha fatto un cenno con la testa, e si è ritirata in camera da letto.

Sul pullman, Ben mi ha detto:

– Forse dovremmo dirlo ai nostri genitori.

– Pensi che si accorgeranno della roba che abbiamo portato via?

– Non solo per quello.

Prima di cenare, sono andata a ficcarmi sotto la doccia.

Genoveffa fa una proposta

VERSO LE TRE ha chiamato Genoveffa.

– Ciao, Valentina. Vorrei parlare con tua madre.

– Non c'è. È uscita con mio fratello.
– Be', intanto ne accenno a te.
– Di che si tratta?
– Fra un paio di settimane mio marito andrà a Parigi per lavoro. Si tratterrà solo tre giorni, e a me piacerebbe tanto accompagnarlo. Sarebbe una specie di luna di miele, visto che quando ci siamo sposati non siamo andati da nessuna parte.
– Capisco.
– E devi anche capire che io vorrei andare da sola con lui.
– E Sergio a chi lo lasci?
– È per questo che vorrei parlare con tua madre. E con te, naturalmente.

Io ho fatto subito un'ipotesi, che però mi sembrava impossibile. Ma Genoveffa mi ha confermato che era proprio a quella che pensava.

– Insomma, vi chiedo di ospitare Sergio a casa vostra per tre giorni. Sarai pagata bene, Valentina. E anche a tua madre darò il necessario.
– Guarda che non è questione di soldi, Genoveffa. È che non so dove potremmo mettere a dormire tuo figlio. E poi, sei sicura che ti lasci partire senza protestare?
– Gli ho già accennato a questa eventualità, e non ha fatto grandi resistenze.

– Bisogna che ne parli con la mamma. Richiama stasera, d'accordo?

Alle quattro, la mamma non era ancora tornata, e io sono andata da Sergio. Genoveffa è uscita appena sono arrivata, e io pensavo di andare ai giardini col figlio.

Ma Sergio non ha voluto saperne. Si è seduto a gambe incrociate su una poltrona e ha cominciato a far girare l'elica di un elicottero.

Io mi sono messa a leggere e a un certo punto gli ho detto:

– Vorrei chiederti una cosa. Com'è tuo papà?

Sergio ha continuato a far girare le pale dell'elica e non mi ha risposto.

– Non mi piace – ha detto a bassa voce poco dopo.

– Perché?

– Perché lui vuole bene solo alla mamma. Infatti sta sempre a baciarla.

E ha ripreso a far girare l'elica. Poi, all'improvviso, ha scaraventato l'elicottero contro i vetri della finestra. I vetri hanno tintinnato, e io ho avuto un sussulto.

– Vuoi vedere che li hai rotti? – ho detto alzandomi.

Ma i vetri non erano rotti: le tende avevano attenuato l'impatto dell'elicottero.

Sono tornata a sedermi e gli ho detto:
– Lo sai che tua madre vorrebbe lasciarti tre giorni a casa nostra?
– Lo so.
– E tu cosa ne pensi?
– Io con lui non voglio andare in nessun posto.
– Stasera ne parlerò con la mamma. Bisogna che troviamo un angolo dove farti dormire.

Dopo aver parlato con Genoveffa, mia madre mi ha chiesto:
– Che ne dici?
– Tu che ne dici?
– Mah, una brandina l'abbiamo. Però dobbiamo incastrarla fra la tua scrivania e la finestra. Non possiamo fare altro.
– Come faremo a respirare in tre in quella stanza?
– Vuoi che metta la brandina nella mia camera?
– Non credo che Sergio acconsentirebbe.
– Valentina, non me la sono sentita di dire di no. Genoveffa si è sacrificata molto per questo bambino. Che si goda tre giorni col suo uomo, mi sono detta.
– Mamma, tu sei sempre indulgente con tutti.
– E tu forse no, Valentina?

La storia di Alessandra

– POSSO CHIEDERLE come si chiama? – ho domandato oggi alla donna, dopo aver depositato sul tavolo frutta, latte e biscotti.
– Marta. Ne avete ancora di miele?
– Ha già finito il barattolo che le abbiamo portato l'altro giorno?
– Non mangiavo miele da non so quanto tempo. E alla mia età è quello che ci vuole.

Marta oggi non aveva in testa la solita sciarpa, e ho visto che i suoi capelli sono una cascata di grigio e argento. Dato che mi è sembrata disposta a parlare, le ho chiesto:
– Perché vive sola?

Lei ha chiuso gli occhi e, invece di rispondermi, si è messa a sospirare. Poi ha cominciato a raccontare.
– Mio marito è morto molti anni fa. Ho una figlia, ma adesso non so dove sia. Mia figlia si chiama Alessandra. Un giorno se n'è andata e non l'ho più rivista. Aveva vent'anni, ed era la cosa più bella che avessi fatto nella mia vita. Ogni tanto mi scriveva e mi diceva di stare tranquilla. Per indovinare la città dalla quale mi scriveva, dovevo leggere i timbri stampati sui francobolli. E non sempre erano leggibili. Adesso sono cinque anni che non ricevo più sue lettere. Ma sono sicura che è viva. Vuoi

vedere le sue lettere? Sono nel cassetto del comodino da notte. Vai a prenderle.

Io mi sono alzata, e poco dopo sono tornata da lei con un fascio di lettere umide e ingiallite.

– Se vuoi, puoi leggerle

Ma io non ho osato aprirle.

– Me le ricordo a memoria – ha ripreso Marta. – Scriveva bene, Alessandra. Era sempre stata brava a scuola, anche se non ci andava volentieri. Lei non sopportava i luoghi chiusi, gli obblighi, le regole. Era fatta così, e ho smesso presto di rimproverarla. Vedeva tante cose in strada, e la sera, prima di andare a letto, me le raccontava tutte. Io l'ascoltavo e le dicevo: «Dovrei essere io a raccontarti delle storie. Invece sei tu che le racconti a me». E lei mi diceva: «Tu non esci mai di casa. Non puoi sapere quello che succede». Aveva ragione. Ho sempre sofferto di una grave malattia alle ossa e non potevo muovermi come volevo. Forse è per questo che lei si muoveva tanto. Quando si è fatta ragazza, è diventata bellissima. Passava da un lavoro all'altro, e se qualcuno tentava di metterle le mani addosso, mordeva rabbiosa e fuggiva. Poi veniva da me e si sfogava ridendo. Alessandra non ha mai pianto. La vita le piaceva e voleva che piacesse anche a me. Perciò le storie che mi raccontava non erano mai tristi. In tutte sembrava esserci lei, o qualcuna che le somigliava. E adesso chi sa dove si trova. Chi sa se ha ancora la forza di correre. No, non può avermi dimenticata. Avrà la testa e le mani impegnate altrove. Perché Alessandra era generosa, e non si risparmiava se qualcuno aveva bisogno di lei. Bisogna che torni, perché deve impedire che mi portino via. Qui nel palazzo c'è qualcuno che non ne può più di me. Ma a loro cosa gliene importa se io vivo così? Io non posso lasciare questa casa. Devo aspettare mia figlia. Bisogna che torni, perché vorrei che dormisse di nuovo con me, come faceva da bambina, quando si rifugiava tra le mie braccia e mi chiedeva di giocare a farci paura. Allora la serravo con forza al petto e le dicevo: «Adesso non ti lascio più andare via». Ma lei sorrideva e diceva: «Scommettiamo che non ci riesci?». E, nonostante la stringessi con tutte le mie forze, sgusciava dal mio abbraccio e correva in strada. Lei era una nuvola, un uccello, un canto della natura. Ed ero felice di averla regalata io al mondo. Ero sicura che in giro non ci fosse una gemella di Alessandra. Ma forse era proprio quella che lei cercava senza sosta. Lei era troppo diversa dagli altri e io, purtroppo, non le bastavo. Ma sapeva di poter contare su di me. E presto sarà di nuovo così, lo sento. Alessandra è in cammino per tornare a casa.

Dopo aver detto queste parole, Marta ha abbassato la testa e si è messa a piangere.

Quando si è calmata, ci ha detto:

– E adesso andate via. Ho bisogno di stare sola.

Marta è sparita

OGGI mi sono decisa a parlare di Marta a mia madre.

– Non siete stati un po' imprudenti? – mi ha detto.

– Perché?

– Mah, in casa di un'estranea... Potrebbe farvi qualcosa... non so.

– Se non riesce nemmeno a reggersi in piedi!

– Di che cosa ha veramente bisogno, secondo te?

– Prima di tutto, di qualcuno con cui chiacchierare, credo. Le prime volte ci ha guardati in cagnesco. Credo che non si fidasse. Poi, due giorni fa, ci ha raccontato una lunga storia. Puoi darmi degli strofinacci e un paio di asciugamani?

– Certo, vai pure a prenderli.

Quando sono tornata da lei, mi ha detto:

– Valentina, io credo che questa donna abbia bisogno di adulti. Tu sei una bambina e non puoi fare molto.

– Ho muscoli sufficienti per fare questo e altro, mamma. E poi c'è Ben che mi dà una mano.

– Io non posso venire con te, lo sai.

– Tu pensa a Daniele e non preoccuparti per me.

La mamma ha alzato le spalle ed è andata in cucina. Io ho telefonato a Ben e gli ho detto di sbrigarsi.

Quando è arrivato, erano quasi le sei.

– Cos'hai nella borsa? – gli ho chiesto.

– Un pezzo di carne già cucinata. L'ho preso di nascosto e l'ho messo in un pentolino con un po' di brodo. E tu?

– Strofinacci e asciugamani. Forse bisognerebbe lavarle la faccia. Hai visto quante pieghe di sporco ha sul viso? Però non oso. Chi sa come la prenderebbe.

– Credo che si farebbe lavare solo dalla sua Alessandra. Ammesso che esista davvero. Che ne pensi della sua storia?

– Secondo me, non può essersela inventata. Io penso che questa Alessandra esista. Non so, però, se tornerà a casa come lei spera.

Quando siamo arrivati, era quasi buio. Ma i lampioni nella strada non erano stati ancora accesi. In giro non c'era nessuno, e porte e finestre erano sprangate.

Abbiamo salito la rampa di scalini scheggiati e ci siamo fermati dietro la porta. Il pianerottolo era illuminato da una fioca luce giallastra, e Ben ha esclamato:
– Guarda, la porta è socchiusa.
Il cuore ha cominciato a galoppare, ma alla fine mi sono decisa e, con la punta delle dita, ho aperto la porta.
Prima di mettere un piede dentro, ho chiesto:
– Marta, ci sei?
Ma non ho avuto risposta.
– Su, entriamo – ho detto a Ben. Non ho nemmeno pensato di accendere la luce. Il chiarore che entrava dalla finestra era sufficiente a farmi orientare nella stanzetta.
– Sarà ancora in giro – mi ha bisbigliato Ben.
– Non è mai stata fuori fino a quest'ora. E poi, perché la porta era aperta?
– Che stia dormendo?
La porta della camera da letto era chiusa. Ho ruotato la maniglia e l'ho aperta.
Il letto era vuoto, ma ben rifatto. Sembrava che non ci avesse dormito mai nessuno.
– Marta? – ho mormorato.
Marta non era nemmeno lì. Non ci restava che guardare nel gabinetto. Ho acceso la luce, ma quando è scattato l'interruttore, ho chiuso

gli occhi. Temevo che nella piccola vasca ingiallita avrei visto il cadavere di Marta.

– Non c'è – ha detto Ben. – Pensi che dobbiamo aspettare, o torniamo domani?

Stavo per rispondergli che non sapevo cosa fare, quando sul tavolo ho scorto un pezzetto di carta. L'ho preso e mi sono avvicinata alla finestra. Ben mi è venuto dietro e ha letto insieme a me: «Sono partita con Alessandra. Ricordatevi di chiudere la porta quando ve ne andate».

Ho posato il biglietto sul tavolo e ho raccolto la mia borsa di tela.

Chiusa la porta, sono rimasta sul pianerottolo a pensare.

– Chiediamo ai suoi vicini – ho detto.

E ho suonato il campanello della porta accanto. L'appartamento sembrava disabitato. Alla quarta scampanellata, tuttavia, la porta si è aperta, e sulla soglia si è affacciato un uomo in canottiera con i capelli arruffati e la barba lunga.

– Che diavolo siete venuti a cercare? – ha grugnito.

– Le chiediamo scusa – ha detto Ben. – Vorremmo chiederle se sa a che ora è andata via la sua vicina, la signora Marta.

L'uomo ha guardato prima noi, poi la porta accanto, poi di nuovo noi due.

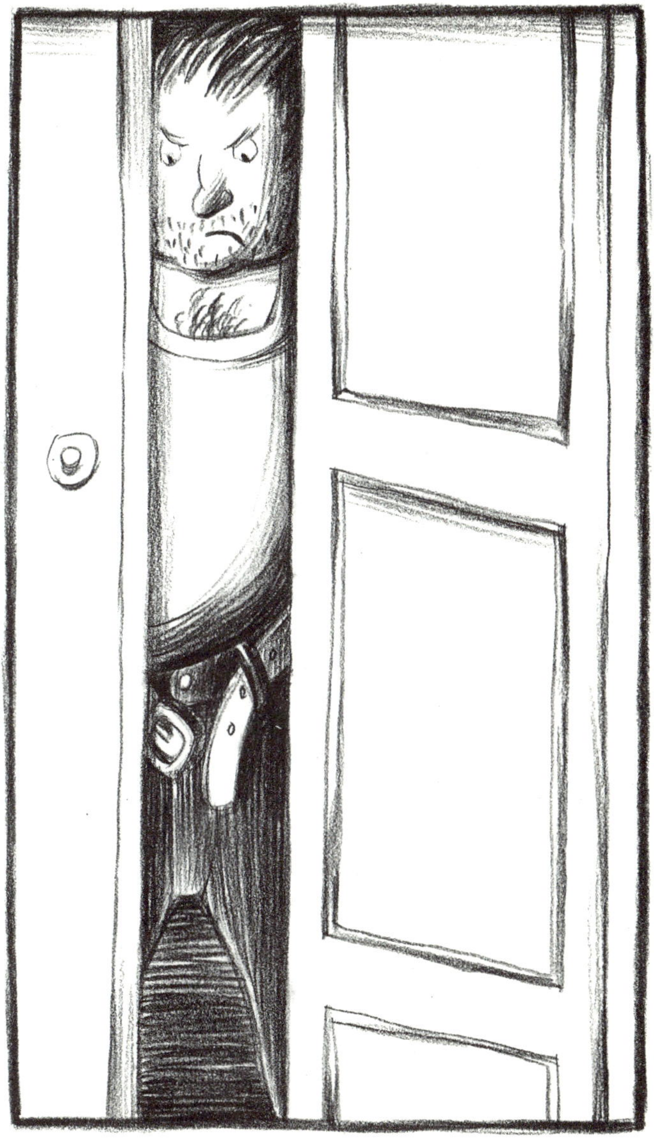

– Volete che vi faccia passare a modo mio la voglia di scherzare che avete? – ha ringhiato.

Io ho fatto un passo indietro e ho afferrato un braccio di Ben.

– Non vogliamo scherzare – ho detto. – È che poco fa siamo entrati nel suo appartamento e abbiamo trovato un biglietto nel quale dice di essere partita. Allora volevamo chiederle se lei sa...

– In quella casa non abita nessuno da anni.

– Non è possibile. Lei si sbaglia... Noi siamo venuti a trovare Marta più d'una volta e...

– Vi ho detto che sono anni che quell'appartamento è vuoto. Prima ci abitava una mentecatta, e quando l'hanno portata via, forse non era più nemmeno viva. E adesso sparite e non affacciatevi più alla mia porta se non volete che vi scaraventi giù per le scale. Mi avete svegliato, e io stanotte devo andare a lavorare. Fuori dai piedi, capito?

Quando ci siamo affacciati sul corso, ho proposto a Ben di fare un po' di strada a piedi.

– È assurdo, non è possibile – ho continuato a dire.

– Perché quell'uomo ci ha mentito?

– Forse ci ha presi per ladri di appartamento. O forse non ha mai visto Marta entrare e uscire.

– Però ha ammesso che una donna ha abitato in quella casa fino a qualche anno fa, quando l'hanno portata via.

– Avrei voluto mostrargli il biglietto di Marta.
– Dov'è?
– Accidenti, l'ho lasciato sul tavolo.
– E così non abbiamo nemmeno una prova.
– E se il biglietto fosse una scusa per non farci più tornare da lei?
– Perché avrebbe dovuto cacciarci? Non le abbiamo fatto niente di male.

Io non ho saputo cosa rispondere. Mi sono invece immaginata Marta tenuta per mano da una Alessandra giovane e allegra, con gli occhi accesi e i capelli al vento. Forse era vero che la figlia era venuta a trovarla. Ma anziché restare in quella casa buia e maleodorante, se l'era portata con sé, in giro per il mondo, a godersi insieme la libertà.

«Come ha fatto a entrare nella pancia della mamma?»

LA PANCIA DELLA MAMMA è ormai molto evidente. Luca la guarda e scuote la testa.
E stasera, mentre facevo i compiti, è venuto a chiedermi:
– Quando nascerà?
– A marzo – gli ho risposto.

– Non lo voglio.
– Smettila di fare lo sciocco. Adesso mettiamoci ad aspettarlo insieme. Così faremo festa quando arriverà.
– Io non faccio nessuna festa. – E si è girato per andarsene. Ma quando è giunto sulla soglia, si è fermato e mi ha chiesto: – Come ha fatto a entrare nella pancia della mamma? Chi ce l'ha messo?
– Ecco... è stata una decisione sua e di papà.
– Perché non hanno chiesto anche a me?
Al mio silenzio, ha aggiunto:
– Ti ho detto che non lo voglio. E poi Daniele è un nome che non mi piace.

È arrivato Sergio

OGGI ERA DOMENICA, e la novità è stata l'arrivo di Sergio a casa nostra. Genoveffa si è presentata verso le cinque col figlio e una valigetta. Mia madre ha subito detto:
– Benvenuto, Sergio. Siamo tutti molto contenti di ospitarti.
Sergio teneva gli occhi bassi e Genoveffa ha detto:
– Non posso trattenermi molto. In questa

valigetta c'è tutto l'occorrente: biancheria, pigiama, calzini eccetera. Dovrebbe esserci roba a sufficienza. Passerò a prenderlo mercoledì sera verso le otto. Sergio, tesoro, la mamma deve andar via. Ma mancherà pochissimo, lo sai. E poi sei in buone mani. Vedrai Valentina tutti i giorni e potrai giocare con Luca.

Sergio continuava a tenere gli occhi bassi.

Genoveffa si è piegata, lo ha baciato sulle due guance e gli ha scompigliato i capelli.

– Vai pure tranquilla, – le ha detto la mamma – e fai buon viaggio.

– Grazie – ha mormorato Genoveffa, e mi ha fatto cenno di seguirla.

– Valentina, lo affido soprattutto a te – mi ha detto davanti all'ascensore.

– Genoveffa, conosco bene tuo figlio.

– Lo so. Capisci che non potevo portarlo con me, vero?

Stavo per rispondere: «No, non lo capisco». Ma mi sono limitata ad alzare le spalle.

Quando sono rientrata, la mamma mi ha detto:

– L'ho accompagnato nella camera di Luca. Spero che non si mettano a litigare...

– Ci penso io.

Luca era sul suo letto, intento ad attaccare figurine su un album. Sergio era seduto dietro la mia scrivania e accendeva e spegneva la lampada che mi serve per leggere la sera.

– Dormirai in questo letto – gli ho detto indicando la brandina posta tra la finestra e la scrivania. – Ci starai comodo, vedrai.

E ho percorso con lo sguardo il piumino rosso a fiori azzurri che avevo tirato fuori apposta per lui.

Sergio ha continuato ad accendere e spegnere la lampada e non ha detto niente. Allora mi sono rivolta a Luca:

– Perché non ti fai aiutare da Sergio a montare la pista del tuo trenino elettrico?

Luca e Sergio si sono guardati, e io sono andata ad aiutare la mamma.

– Poverino, poteva portarselo dietro – mi ha detto quando sono entrata in cucina.

– Allora perché le hai augurato buon viaggio e le hai detto di non preoccuparsi?

– E cosa volevi che le dicessi? Capisco anche lei, e non volevo mortificarla.

– Dev'essere proprio così complicata la vita?

– Lo è sempre, Valentina.

All'ora di cena, Luca e Sergio sembravano amici da sempre.

Sergio, però, non ha mangiato quasi niente.

– Non ho fame – ha continuato a dire.

– Assaggiane almeno un po' – lo esortava mia madre.

– Non mi piace.
– Non puoi andare a letto digiuno – gli ho detto quando siamo arrivati alla frutta.
– Mi fa male lo stomaco – ha borbottato.
– Vuoi del latte con i biscotti? – gli ha chiesto mia madre.

Sergio ha abbassato gli occhi, e io sono andata a preparargli una scodella di latte caldo e miele.
– Era troppo dolce – ha detto dopo aver bevuto l'ultimo sorso.
– Però dev'esserti piaciuto – gli ho detto. – Adesso vai a lavarti i denti. Hai portato lo spazzolino?
– No.

Sono andata ad aprire la sua valigia, e dopo aver rovistato tra una montagna di mutandine e di canottiere, ho tirato fuori un astuccio con lo spazzolino.
– Invece ce l'hai. Tieni, adopera pure il dentifricio di Luca. Dev'essere buono, perché lui lo mangia come se fosse yogurt o crema.

Verso le nove, la mamma ha preso il pigiama di Sergio, glielo ha messo sul letto e ha detto:
– È ora di andare a dormire. Forse è meglio che tu vada a fare prima la pipì. Hai visto dov'è il bagno? Vieni, ti accompagno io.

– Lo so, l'ho visto dov'è – ha detto Sergio scontroso.

– Sotto il tuo letto c'è un vasino, – gli ho detto io – nel caso stanotte tu ne abbia bisogno.

Alle dieci ho salutato i miei e sono entrata in punta di piedi nella mia camera. Ho tenuto socchiusa la porta, e alla luce che proveniva dalla cucina, mi sono spogliata e ho messo il pigiama. Luca dormiva già e io mi sono piegata a guardare Sergio. Aveva la faccia semi nascosta sotto il piumino e pareva profondamente addormentato anche lui.

Ma quando mi sono girata per infilarmi nel letto, la sua voce mi ha fermata.

– Non ho sonno – ha detto.

– Credevo che dormissi – ho bisbigliato sedendomi sulla brandina.

– Ti ho detto che non ho sonno.

– Ho capito, ho capito. Non gridare, se no svegli Luca.

Siamo stati zitti per un po', infine gli ho detto:

– Io vado a dormire, perché domani devo andare a scuola. Chiudi gli occhi. Vedrai che prima o poi ti addormenti. Buona notte.

L'ho baciato sulla fronte e sono andata a nascondermi sotto le coperte. Avevo i piedi gelati e non sarei uscita dal letto fino al mattino dopo.

Fuga, affanno, sangue...

DI SOLITO, alle sette precise apro gli occhi e giro lo sguardo sulle pareti della mia stanza. Vedo gli scaffali dei libri, i quadretti, i portaoggetti a scala e il poster della montagna.

Stamattina, invece, la prima cosa che ho visto aprendo gli occhi è stato Sergio. Era seduto ai piedi del mio letto e si stringeva le ginocchia al petto.

– Quanto ci metti a svegliarti? – ha borbottato.

– Che ci fai lì? Perché non sei nel tuo letto?
– Non ho sonno e ho freddo.
– Vai a metterti sotto il piumino.
– Il mio letto è gelato.

E si è messo a battere i denti.

– Dai, entra nel mio. Tanto io sto per alzarmi.

Mi sono spostata e gli ho fatto spazio. Lui è entrato nel letto quasi con degnazione, ma poi si è rannicchiato e si è stretto a me. Io gli davo il mio calore, lui mi dava i suoi brividi. Ho dato un'occhiata a Luca, che dormiva con la bocca socchiusa, e ho deciso che era meglio alzarsi prima che si svegliasse.

– Su, fammi passare – ho detto a Sergio.
– Perché devi andare a scuola?

– Bella domanda. Ti risponderò un'altra volta.

Mentre facevo colazione, Luca è entrato in cucina con gli occhi assonnati.

– Sbrigati – gli ho detto. – Altrimenti non ce la faccio ad accompagnarti a scuola.

– Sergio è nel tuo letto.

– Ah, sì? Forse si è sbagliato tornando dal bagno. Spero che abbia i piedi puliti.

Alle cinque Ben è venuto a casa mia. Né lui, né io avevamo compiti per il giorno dopo, e abbiamo pensato di fare un salto al centro commerciale Etoile. Dopo l'incidente accaduto a mia madre, per molte settimane non ho messo piede nei suoi reparti.

– Ma dato che si risparmia, se non andiamo a spendere, il dispetto lo facciamo solo a noi stessi – mi ha detto lei un giorno.

E così abbiamo ripreso a frequentarlo. Quanto al tizio che l'aveva bloccata a tradimento, non l'ho più visto.

– Perché non portate Sergio e Luca con voi? – ha detto mia madre.

Io ho sospirato e ho detto:

– Su, venite voi due. Vi facciamo vedere gli addobbi di Natale.

L'Etoile era un tripudio di luci, come al solito, ma in più c'erano stelle e festoni colorati che penzolavano da tutte le parti.

Ben ha preso un carrello e siamo entrati. Mia madre mi aveva detto di comprare un paio di saponette, un bagno schiuma, un barattolo di miele e due pacchetti di riso.

– Non allontanatevi – ho detto a Luca e Sergio. – C'è troppa gente e non vorrei che vi perdeste.

– Voglio vedere i giocattoli – ha detto Luca.
– D'accordo. Prima però facciamo la spesa.

Sono riuscita a tenerli sotto controllo fino al momento in cui ho allungato una mano per prendere i pacchetti di riso.

– Non ci arrivo – ho detto a Ben.
– Aspetta, li prendo io.

Quando ci siamo girati per deporre il riso nel carrello, Sergio e Luca erano spariti.

– Ci hanno fregati – ho detto. – Adesso dove saranno?

Abbiamo cominciato a percorrere i vari reparti e infine siamo andati nel settore dei giocattoli. Ma Sergio e Luca non erano in vista.

– È inutile, ci conviene farli chiamare con l'altoparlante – ho detto.

Ma non è stato necessario. Ci siamo subito resi conto che qualcosa stava accadendo nel settore dell'abbigliamento. Si sentivano urla e strilli e infine ho distinto la voce acuta di Sergio. Allora ho abbandonato il carrello e mi sono infilata con Ben tra giacche, cappotti e impermeabili.

Non riuscivo a capire da quale punto provenisse la sua voce. Poi ho sentito anche la voce di Luca che gridava:

– Ahi, mi fai male!

E finalmente ho visto Sergio, che tenuto per un orecchio da un commesso veniva trascinato via. Indossava un cappotto pesante e se lo tirava dietro con il suo lungo strascico. Poco più in là ho scorto mio fratello, anche lui tenuto per un orecchio da un altro commesso. Luca indossava un giubbotto che gli arrivava ai piedi e dal quale spuntava a malapena la testa.

Mi sarei messa a ridere, se non avessi visto le loro facce infuocate e le loro bocche spalancate e urlanti.

– Dite un po', volete staccargli un orecchio? – ho gridato ai due commessi vestiti con eleganza. – Lei metta giù le mani da mio fratello, e lei lasci stare l'altro.

Ma siccome continuavano a stringere le orecchie di Luca e Sergio come se non sentissero, non ho trovato di meglio da fare se non rifilare a ciascuno un paio di calci negli stinchi.

Appena si sono sentiti liberi, Luca e Sergio

sono sgusciati fuori dal cappotto e dal giubbotto e hanno cominciato a tirar calci anche loro. I due uomini si sono piegati su se stessi, e io ho detto a Ben:

– Prendi le borse dal carrello e filiamo.

Ma il carrello era circondato da molte persone accorse a curiosare. Così io ho afferrato la mano di Sergio, Ben quella di Luca, e ci siamo messi a correre verso l'uscita.

– Voi... voi siete dei pazzi – ho balbettato quando siamo stati abbastanza lontano.

Sergio e Luca, con la lingua in fuori, si massaggiavano le orecchie arrossate.

– È... è stato lui... – ha detto Luca, e si è messo a piangere.

Sergio non piangeva, ma sbuffava come un torello.

– Volevo solo giocare a nascondino – ha detto quando è riuscito a parlare.

– Con i cappotti degli altri! – ho detto io. – E così abbiamo perso la roba che avevo già pagata. Me la faccio rimborsare da tua madre quando torna.

Arrivati a casa, Sergio è andato nel bagno e ci è rimasto a lungo.

– Esci, devo andarci io – gli ho detto a un certo punto.

Ho aperto la porta, e ho visto che in mano

aveva dei fogli di carta igienica macchiati di sangue.

– Mi fa male l'orecchio – ha mormorato.

Mi sono piegata, e ho notato che all'attaccatura dell'orecchio c'era un taglietto che sanguinava. Anche il collo della camicia era sporco di sangue.

– Sta fermo, prendo del disinfettante.

L'ho medicato con cura e infine gli ho applicato un cerotto.

– Non ti andrà sempre bene – gli ho detto. – Prima o poi ci rimetterai più di un orecchio. Vieni qua, che ti lavo la faccia. E poi andiamo a cambiare questa camicia. Sembri tornato da una guerra.

A cena, Sergio ha mangiato in silenzio e mia madre ha evitato di rimproverarlo.

E in silenzio se n'è andato a letto. Si è girato su un fianco e ha cominciato a sospirare. Anche Luca non riusciva ad addormentarsi.

Allora ho preso un libro di racconti e mi sono messa a leggere una storia. Poco dopo Luca ha chiuso gli occhi. Sergio, invece, continuava a sospirare.

– Vuoi che continui a leggere? – gli ho chiesto. E quando non ho avuto risposta, ho chiuso il libro, e gli ho sfiorato la testa con le dita.

Carezze e baci, anatre e germani reali

IERI SERA mio padre ha detto:
– Per domani mi sono preso un giorno di ferie.
– Come mai? – gli ha chiesto mia madre.
– Voglio portarvi in giro per la città.

Con mio padre non usciamo quasi mai. Voglio dire, a passeggiare o a fare una gita nei dintorni di Torino. Perciò questa novità ha sorpreso anche me.

– Usciremo dopo pranzo e ce ne andremo al parco del Valentino, vicino al fiume. Che ne dite?
– È una bella idea – ha detto mia madre.
– Sono mesi che non ci metto piede.

Siamo partiti verso le due, e tre quarti d'ora dopo eravamo nel parco. Papà ha trovato subito dove parcheggiare l'auto, e ci siamo avviati lungo un sentierino che attraversava un prato e conduceva al fiume.

Io tenevo per mano Sergio e Luca, e mi guardavo intorno. C'erano aiuole, macchie di cespugli, platani, ippocastani, betulle, pini.

– Lasciami la mano, so camminare da solo – ha detto Sergio.
– Anch'io – gli ha fatto eco mio fratello.

Si sono staccati da me e hanno cominciato a correre sul prato. Mia madre è andata a sedersi su una panchina con mio padre.

Anch'io avevo voglia di muovere le gambe e di starmene un po' per conto mio. Ogni tanto alzavo gli occhi in direzione di Luca e di Sergio, e li vedevo rincorrersi, far capriole sull'erba, tentar di salire su un albero, darsi spintoni. Sembravano fratelli, anche se sono tanto diversi.

A un certo punto, però, non li ho più visti. Dai miei genitori non erano tornati, perché dal punto dov'ero, potevo vedere la mamma e il papà occupati a scambiarsi carezze e baci.

Allora ho guardato verso una macchia di cespugli, da dietro la quale sentivo provenire grida soffocate di bambini. E mi sono incamminata per vedere che cosa stesse succedendo.

Dietro i cespugli c'era una grande vasca circolare, e dentro nuotavano una dozzina fra anatre e germani reali.

Luca e Sergio erano piegati sull'acqua e si sbracciavano verso gli animali.

– Venite qua! Venite qua! – urlava Sergio.
– Devo dirvi una cosa.

Ma le anatre si allontanavano in fretta.

– Ho detto che devo parlarvi! Avvicinatevi! – ripeteva Sergio.

Le anatre sbattevano le ali e filavano via.

Luca seguiva le manovre di Sergio e, insieme, percorrevano un pezzo alla volta il perimetro della vasca.

– Non sporgetevi troppo – ho gridato.

Ma Sergio non sembrava essersi accorto della mia presenza e continuava a rincorrere le anatre.

– Stupide oche, volete fermarvi? Se vi ho detto che devo parlarvi! Allora non capite niente!

Quando ha capito che le bestie non avevano nessuna intenzione di ascoltarlo, si è guardato intorno, ha adocchiato un paio di grosse pietre, le ha raccolte e le ha lanciate nel mucchio. Gli animali si sono messi a strillare, e Sergio è salito sul bordo della vasca. Il bordo era tondeggiante, e non capivo come facesse a tenersi in equilibrio. Capivo, però, che sarebbe bastato un soffio per buttarlo in acqua. Non ho osato gridare, e mi sono affrettata a raggiungerlo, per afferrarlo sotto le ascelle e metterlo in salvo.

Purtroppo Luca ha voluto imitarlo, e ha tentato di salire anche lui sul bordo della vasca. Per farlo, si è appoggiato a un braccio di Sergio. Sergio ha oscillato per qualche secondo, finché, prima di cadere nella vasca, si è afferrato a un braccio di Luca. E così sono caduti insieme, lanciando un urlo straziante.

Poi si sono alzati in piedi con le teste grondanti, hanno sollevato le braccia e si sono messi a sputare e a tossire.

– Allungate una mano verso di me! – ho gridato.

Ma tutti e due rimanevano fermi dov'erano, e mi guardavano con occhi disperati.

– Insomma, venite verso di me! Non potete camminare?

No, non potevano, perché erano paralizzati. Allora ho scavalcato il bordo della vasca e sono entrata in acqua. L'acqua mi arrivava al sedere e mi ha inzuppato rapidamente i jeans.

Un bambino di forse due anni, che si era fermato a guardare con la madre, ha cominciato a gridare:

– Anch'io nell'acqua! Anch'io nell'acqua!

La donna si è messa una mano sulla bocca, mentre con l'altra teneva lontano il figlio.

– Mi aiuti – le ho detto. E le ho passato prima Sergio, poi Luca.

Le gambe mi tremavano, la testa mi girava, e mi sono avviata verso la panchina dove mio padre e mia madre continuavano ad accarezzarsi e a baciarsi.

Luca e Sergio battevano i denti, e hanno continuato a batterli per tutto il tempo che abbiamo impiegato ad arrivare a casa.

Seduti tutti e tre sul sedile posteriore, io in mezzo, loro due ai fianchi, eravamo bloccati come bastoncini di pesce congelato.

Una volta a casa, mia madre li ha messi a mollo in una vasca d'acqua calda.

– Lascia stare, ci penso io – ha detto mio padre.

Mia madre è venuta in camera mia e mi ha strofinato con dei panni di lana.

All'ora di cena, Luca si era ristabilito. Sergio, invece, teneva gli occhi chiusi e tremava per la febbre.

– Quasi trentotto – ha detto mia madre, leggendo il termometro. – Dopo cena ti sciolgo un'aspirina.

Sergio ha tirato su col naso e ha starnutito.

Verso le otto l'ho spogliato, gli ho messo il pigiama e gli ho rincalzato il piumino sotto il mento. Quando non ce l'ha più fatta a stare zitto, ha mormorato:

– Stupide oche, non volevano ascoltarmi.

Mezz'ora più tardi sono andata a letto anch'io. Luca dormiva già e io mi sentivo così stanca, che ero certa di addormentarmi appena avessi chiuso gli occhi.

Sergio però si è presentato vicino al mio letto e si è messo a piagnucolare:

– Voglio dormire con te.

Io ho riaperto gli occhi e ho detto:

– Non se ne parla. Vai nel tuo letto. Ho sonno.

– Ho detto che voglio dormire con te. Ho freddo. Ho paura. Voglio la mamma.

Che cosa dovevo fare? Ho sollevato la coperta e gli ho detto:

– Vieni, e bada di non scoprirmi.

Lui si è accoccolato accanto a me e ha cominciato a piangere. Io ho allungato un braccio e l'ho tenuto stretto.

È tornata Genoveffa

STAMATTINA, la sveglia nella mia testa ha tardato a suonare di dieci minuti.
- Ciao, Valentina, tutto a posto?
- Tutto a posto, mamma. Sergio è nel mio letto – ho detto entrando in cucina.
- Come mai?
- Secondo me, ci considera come la sua famiglia adottiva.
- Poverino.
- Ieri pomeriggio ha rischiato di affogare. Non si rende mica conto dei pericoli in cui si mette. Crede che al mondo ci sia soltanto lui. Anche le anatre devono ubbidirgli.
- Tu lo conosci meglio di me.
- Non abbastanza, forse, perché non riesco a indovinare sempre quello che sta per fare.
- Io l'ho osservato molto in questi giorni. E credo di aver capito che con te si comporta in modo diverso che con gli altri. È come se si fosse affezionato.
- Ha degli strani modi di dimostrarmelo. Devo sempre correre a salvarlo.
- È bello essere salvati, Valentina. Ma è anche bello salvare, no?

Prima che potessi risponderle, Luca si è affacciato in cucina con i capelli arruffati, ha sbadigliato e ha borbottato:
- Sergio è di nuovo nel tuo letto.

- Davvero? Allora dev'essere proprio cieco.

Più tardi sono passata dalla mia camera a prendere lo zaino e, prima di uscire, mi sono chinata su Sergio. Mio fratello era andato a fare la pipì, e io ne ho approfittato per sfiorare con le labbra la fronte di Sergio. Lui si è girato di scatto e mi ha gettato le braccia al collo.

- Ehi, ehi... lasciami andare. Devo correre a scuola. Ci vediamo oggi pomeriggio.

E sono scappata via.

Genoveffa ha bussato alla porta prima di cena.

Sergio è uscito dalla mia camera ed è andato piano piano dalla madre. Lei ha allargato le braccia e lo ha stretto a sé. Sergio ha nascosto il viso tra i suoi capelli ed è rimasto zitto.

- Papà è andato a fare un po' di spesa - gli ha detto Genoveffa. - Torneremo a casa in taxi. - Poi si è rivolta a mia madre e le ha chiesto: - Come si è comportato?

- Benissimo - si è affrettata a rispondere la mamma. - È stato un piacere averlo con noi.

Io ho aiutato Sergio a indossare il cappottino, gli ho agganciato i bottoni e gli ho bisbigliato:

- Ci vediamo.

E sono andata ad affacciarmi al balcone. Prima che entrasse nel taxi, ho atteso che alzasse gli occhi, e gli ho fatto un cenno con la mano.

«*Valentina, prega per me!*»

LA ZIA continua a chiedermi pareri e consigli su tutto.

Oggi mi ha detto:
– Valentina, sto pensando di iscrivermi a un corso di preparazione al parto. Credi che ne valga la pena?
– Zia, io non ho mai partorito e non saprei cosa dirti – le ho risposto ridendo.
– Sto leggendo delle riviste che lo consigliano e gli articoli sembrano molto convincenti.
– Perché non chiedi alla mamma?
– Gliene ho già parlato. Lei dice che di questi corsi non ne ha mai fatti e che sia il tuo parto, sia quello di Luca sono andati lisci come l'olio.
La zia ha sospirato e ha detto:
– Mi piacerebbe che, quando sarà il momento, tu venissi con me in ospedale. Mi basterebbe sapere che sei nel corridoio e che preghi per me.
– Pregare per te?
– Perché no? Tu non preghi mai?
– Qualche volta.
– Per me devi farlo.
– Zia, non esagerare. Vedrai che anche il tuo parto andrà liscio come l'olio e che i tuoi

rampolli verranno fuori come pesci ansiosi di cominciare a vivere.
- Lo spero, Valentina. Lo spero!

Sognando la brughiera...

OGGI ho parlato a Ben delle ansie della zia. Lui ha alzato le spalle e ha detto:
- Non so cosa dire.
- Sì, queste sono faccende di donne - ho detto io.

Ben ha subito cambiato argomento e mi ha ricordato che è ora di comprare i biglietti per l'aereo.
- Ho già pronti i soldi - gli ho detto.
- Non hai bisogno di portare altro denaro con te. Penseranno a tutto i nonni.
- Sono molto eccitata, sai? E ti ringrazio ancora per l'invito.
- Sono certo che ti troverai bene. I nonni sono molto cordiali.
- Io però non so parlare inglese. Come farò?
- Quando avrai bisogno di qualcosa, chiedi a me. Ci penso io a tradurre.
- Hai già un'idea di come passeremo il tempo?
- Dai nonni ci sono due biciclette. Se il

tempo è bello, ci faremo delle corse nella brughiera.

– E se piove?

– Resteremo a casa.

– Allora sarà meglio che mi porti un paio di libri. Però spero proprio che ci sia il sole, perché ho una gran voglia di muovermi e di correre.

Eravamo in cortile, e ho chiuso gli occhi. Ben mi ha messo una mano sul braccio e ha detto:

– È ora di rientrare in classe.

Sara era già al suo posto e, appena mi ha vista, mi ha chiesto:

– Che cosa vi stavate raccontando di bello, tu e Ben?

– Niente, parlavamo del più e del meno.

– Digli che non gli venga in mente di baciarti in cortile. La preside vi espellerebbe per un mese.

– Come va tuo fratello? – le ho chiesto.

– Come al solito. Anzi, meglio. Adesso ha capito che non deve rompere i bicchieri quando li ha tra le mani. È un bel passo avanti, non ti pare?

– Non si può far nulla per curarlo?

– Qualcuno una ricetta l'avrebbe.

– Cioè?

– Chiuderlo in un Istituto. Ma è una ricetta che non ci piace. Mio fratello resta con noi.

– Mi sembra giusto.
– Lui ha bisogno di sentire le nostre voci e di vedere le nostre facce quando è arrabbiato. Allora si calma e sta subito meglio. Le facce dei medici e degli infermieri, credo che lo farebbero impazzire.
– Me lo fai conoscere un giorno?
– Sei curiosa di vedere com'è fatto?
– Sara, io non lo considero una bestia rara. Voglio incontrarlo solo perché è tuo fratello.
– Lo so, l'ho capito. Ma certo, un giorno vieni a casa mia, mangiamo i pasticcini e giochiamo con lui. Credo che gli piacerai.

Un robot telecomandato e un orsacchiotto di peluche

– VUOI VENIRE da me domani? – mi ha detto Sara ieri.
E oggi pomeriggio, alle tre precise, mi sono presentata a casa sua con un orsacchiotto di peluche.
– Ciao, Valentina, entra. Ci siamo soltanto Davide e io.
Sara ha chiuso la porta e ha gridato:
– Davide, vieni qui. Voglio farti conoscere una mia compagna di scuola.

Dalla porta della cucina si è affacciato un bambino minuto con i capelli neri e la carnagione scura.

– Ancora la marmellata! – ha esclamato Sara. Ed è andata in cucina a prendere un tovagliolo per pulirgli la bocca.

Nell'entrata siamo rimasti Davide e io.

– Ciao – gli ho detto. – Ti ho portato un regalo.

E gli ho offerto l'orsacchiotto.

Lui dapprima lo ha guardato con occhi affascinati, poi me lo ha strappato dalle mani e lo ha scaraventato contro la porta d'ingresso. Io l'ho schivato e ho detto:

– Accidenti quanto sei forte! Questo Sara non me l'aveva detto.

Sono andata a prendere l'orsacchiotto e l'ho posato su una sedia.

– Vieni qua, se no imbratti dappertutto – ha detto Sara pulendogli la bocca.

Davide l'ha lasciata fare e ha continuato a fissarmi.

– Adesso preparo la merenda per Valentina – ha detto Sara. – Perché non le fai vedere la tua camera?

Davide si è avviato in silenzio e io l'ho seguito.

Nella sua camera c'erano un lettino con le sponde, un tavolo, una sedia, una cesta piena di animali di peluche. Per terra due palloni rossi di plastica, alcune automobiline, un camion con il rimorchio capovolto e un robot con la faccia rivolta contro il muro.

Io mi sono seduta per terra e ho rimesso sulle ruote il rimorchio. A quel gesto, Davide mi è piombato alle spalle e mi ha tirato i capelli con violenza.

– Ahi! – ho urlato. E sono caduta all'indietro. – Cavolo, mi hai fatto male – ho detto tenendomi la testa con le mani.

Davide ha afferrato il rimorchio e lo ha lanciato contro il muro.

– Mi fai vedere qual è il tuo giocattolo preferito? – gli ho chiesto smettendo di massaggiarmi la testa.

Davide è andato in un angolo della stanza, ha rovistato sotto un mucchio di giornalini ai quali non avevo fatto caso, e ha tirato fuori un telecomando. Lo ha puntato contro il robot, ha premuto dei tasti, e quella specie di marziano d'acciaio ha cominciato a girare su se stesso. Infine si è rivolto verso di me, e col suo ghigno lucente, gli occhi lampeggianti e le braccia protese in avanti, si è messo ad avanzare con un ronzio.

Io sono rimasta ferma a fissarlo e non mi sono scansata nemmeno quando è arrivato a pochi centimetri da me. Il robot si è fermato e Davide mi è sembrato incerto. Il dito tremava su un tasto del telecomando. Poi ha schiacciato con forza, il robot mi è venuto addosso ed è caduto per terra.

– Lo hai ucciso – ha sibilato Davide.

– No, è solo inciampato. Se lo rimetti in piedi, vive di nuovo.

– Lascialo stare dov'è! – ha gridato. – Non toccarlo!

È venuto a raccoglierlo e lo ha rimesso in piedi con la faccia contro il muro, nel punto dov'era prima.

– La merenda è pronta – ha detto Sara.

Io mi sono alzata per andare in cucina e Davide mi ha seguita.

– Dai, siediti con noi – gli ha detto Sara. – Per te latte e biscotti, visto che il tè non ti piace.

Davide si è seduto vicino a me, ha afferrato la mia tazza di tè e ne ha bevuto un paio di sorsi.

– Ma... Davide! Quello è il tè di Valentina! – ha esclamato Sara.

– Non fa niente. Per me era troppo – ho detto.

Davide però ha continuato a bere il tè a lunghi sorsi, finché ha svuotato la tazza.

– Te ne riempio un'altra – ha sospirato Sara.

Prima di andar via, ho dato un'occhiata al mio orsacchiotto coricato sulla sedia. Davide se n'è accorto, è andato a prenderlo e lo ha portato nella sua camera.

Nella camera di Claire

– VALENTINA, credo che non ci sia bisogno di farti delle raccomandazioni speciali, vero?
– Direi proprio di no, mamma.
– Sono solo pochi giorni, ma vedi di divertirti e di imparare cose nuove. Venerdì sera qualcuno verrà a prenderti all'aeroporto.
– Ci sarò, non dubitare.
Pur essendo il mio primo viaggio in aereo, direi che me la sono cavata abbastanza bene. A parte un senso di vuoto allo stomaco quan-

do l'aereo è decollato, il resto del viaggio l'ho passato a guardare fuori dal finestrino.

A Londra, Ben si muoveva nell'aeroporto come se fosse nel cortile di casa sua. E quando siamo giunti con i carrelli sul piazzale della stazione dei pullman, mi ha lasciata di guardia alle valigie ed è andato a comprare i biglietti.

Il nostro pullman è arrivato una mezz'ora dopo e siamo andati a sederci al piano di sopra.

Per tutto il tragitto, Ben mi ha spiegato quali erano i posti dell'Inghilterra che stavamo attraversando, e io l'ho ascoltato in silenzio.

– Ecco, stiamo per entrare a Exeter – mi ha detto circa tre ore dopo.

Suo nonno, un uomo anziano ma in forma, e con una folta capigliatura bianca, ci aspettava sul marciapiede accanto al quale il pullman si è fermato.

– Ciao, nonno – gli ha detto Ben in inglese. – Questa è Valentina.

Suo nonno mi ha stretto la mano e mi ha sorriso.

L'auto del nonno di Ben è uscita rapidamente da Exeter e si è messa a correre su un'autostrada. Dopo pochi minuti però l'ha lasciata e si è immessa su una strada provinciale molto stretta.

La casa dei nonni di Ben è una casa a due

piani e dista un paio di chilometri da un villaggio fatto di case antiche, con le finestre che sporgono dai muri come gabbie di vetro munite di tendine.

La nonna di Ben ha i capelli grigi e li porta raccolti in una crocchia. Appena mi ha vista, è corsa ad abbracciarmi e mi ha detto che ero la benvenuta.

– Sei contenta della tua camera? – mi ha chiesto Ben mentre svuotavo la mia valigia.
– Sì, è molto bella.

È una stanza grande e luminosa ed è esposta a est. Dunque la mattina il sole arriverà sul mio letto direttamente dalla finestra.

– Devi sapere che questa stanza era della sorella di mio padre. Morì quando aveva dieci anni. Una brutta polmonite, sembra. Vuoi vedere la sua foto?

E Ben ha tirato fuori da un cassetto il ritratto di una bambina sorridente. I capelli biondi incorniciavano un viso magro e affilato, e gli occhi sembravano attratti da un punto lontano.

– Era molto carina – ho detto.

Ben ha ripreso la foto dalle mie mani e l'ha guardata da vicino.

– Non dire ai nonni che ti ho mostrato la foto di Claire – si è raccomandato.

A cena ho sorriso parecchio, soprattutto alla nonna di Ben.

Quando, per concludere, ha portato in tavola una profumatissima crostata di mele, ho pensato che un paio di parole inglesi dovevo pur dirle. E così, dopo aver fatto fuori un enorme fetta di crostata, ho detto:

– *It was very good.*

La nonna di Ben è scoppiata a ridere e ha detto:

– *Oh, thank you, Valentina. Your English is quite good.*

E io sono arrossita.

Dopo cena, Ben mi ha accompagnata fuori e mi ha mostrato l'orto, il giardino e la rimessa degli attrezzi.

– Guarda, c'è la luna – ha detto.

Era una luna quasi piena, e quando l'ho fissata, bianca nel cielo stellato, ho avuto un brivido.

– Hai freddo? – mi ha chiesto Ben.
– Un po'.
– Rientriamo. Sarai stanca e vorrai andare a letto presto.

Quando mi sono accoccolata sotto le coperte, ho rivisto davanti agli occhi il viso sorridente di Claire.

Verso mezzanotte l'ho sognata. Era nel giar-

dino e raccoglieva dei fiori. Accortasi di me, mi ha detto:
– Perché non li raccogli anche tu?
Io ho esclamato:
– Ma tu parli italiano!
E mi sono svegliata di colpo. Era da poco passata la mezzanotte e la luna non c'era più.

Un dente da latte e un rametto d'erica

A COLAZIONE ho trovato latte e cereali, fette di pane e marmellate varie confezionate dalla nonna di Ben.
– In paese dicono che le marmellate della nonna sono inimitabili – ha detto Ben.
Io ho guardato sua nonna, seduta a tavola

con noi, e le ho sorriso. Lei mi ha sorriso a sua volta, e mi ha suggerito di assaggiare una marmellata di ribes.

Le biciclette delle quali mi aveva parlato Ben erano tutte e due da uomo, e dovevano avere qualche anno di vita. Ma erano ancora in buone condizioni.

– Vedi la cima di quella collina? – mi ha detto Ben. – Se pedaliamo senza fermarci, in meno di un'ora la raggiungiamo.

Erano le nove, il cielo era azzurro e l'aria pungente. Ma ero ben coperta e non ave-

vo freddo. E poi ero sazia e mi sentivo allegra.
– Tu vai avanti. Io ti seguo – gli ho detto.
Ben si è alzato dal sellino, ha dato un colpo di reni e si è messo a pedalare velocemente. Io ho accelerato e sono rimasta incollata alla sua ruota.
Intorno a noi, solo prati e arbusti d'erica. Ogni tanto, in campi recintati, vedevo delle pecore brucare e delle mucche spazzare l'aria con le code.
Siamo arrivati in cima alla collina prima del previsto, e Ben mi ha detto:
– Sei una buona ciclista.
– Anche tu.
E ci siamo allungati all'ombra di un albero, incrociando le mani sotto la testa.
Io aprivo e chiudevo gli occhi, e guardavo le nuvole che correvano bassissime sopra di noi.
Poi mi sono coricata su un fianco e ho poggiato la testa su un braccio. Ho chiuso gli occhi e ho rivisto Claire.
– Dormi? – mi ha chiesto Ben.
– No. Ascolto il vento.
– C'è sempre vento quassù.
– Ci sei venuto altre volte?
– Sì, ma sempre da solo.
– Che ci venivi a fare?

– Venivo a pensare.
– E a cosa pensavi?
– Qualche volta alla zia Claire.
– Ti sarebbe piaciuto conoscerla?
– Sì.
– Stanotte l'ho sognata.
– Davvero?
– Sì, ed era ancora più bella che nella foto. Indossava un vestito azzurro e raccoglieva dei fiori. Mi ha invitata a raccoglierli con lei, ma a quel punto mi sono svegliata.

Ben si è piegato su di me e mi ha detto:
– Lo sai che somigli un po' alla zia?
Io mi sono messa a sedere e gli ho chiesto:
– Adesso cosa facciamo?
– Possiamo trattenerci ancora un'oretta. Basta che siamo di ritorno per mezzogiorno.
– Ho voglia di camminare un po' – ho detto.

Sono saltata in piedi e mi sono messa a correre. Ben si è messo a correre anche lui, e quando ho capito che voleva prendermi, ho cominciato a correre più forte. Ho dovuto rallentare presto, però, perché avevo le gambe molli e non riuscivo a respirare. Infine sono crollata sull'erba e qualche secondo dopo Ben è crollato su di me.

– Ti ho presa... – ha balbettato. E mi ha bloccata stringendomi le braccia.

Quando sono stata in grado di parlare, gli ho detto:
– Lasciami, mi fai male.
Lui mi ha lasciata, mi ha fatto una carezza e si è coricato accanto a me.
Sulla via del ritorno, il cielo si è annuvolato e il sole è scomparso.

Il pomeriggio lo abbiamo passato in casa, perché il nonno di Ben ci ha consigliato di non uscire. Ben si è messo a giocare a scacchi con lui, mentre la nonna si è fatta accompagnare da me nell'orto e mi ha mostrato le coltivazioni delle quali è orgogliosa. Cavoli, ravanelli, patate, barbabietole... Sembrava esserci di tutto in quell'orto. Io facevo la faccia meravigliata e lei mi ripeteva in inglese il nome di ogni verdura.
Prima di cena, Ben mi ha detto:
– Vieni, voglio mostrarti una cosa.
E mi ha condotta nella soffitta, alla quale si accede con una scala di legno.
– Mio padre mi ha raccontato che veniva a nascondersi quassù, quando giocava con Claire.
Ci siamo avvicinati a una finestrella, e abbiamo guardato fuori. Io ho aguzzato lo sguardo e ho esplorato l'orizzonte. Il sole era tramontato e il cielo era di un blu cupo. Tra poco sarebbe sorta la luna e io avrei cominciato la mia seconda notte in Inghilterra.

Quando Ben mi ha messo un braccio intorno alle spalle, ho detto:
– Sarà meglio scendere. Tua nonna avrà già apparecchiato.
Lui ha tolto il braccio dalle mie spalle e ha fatto sì con la testa.

Dopo cena, ho telefonato alla mamma.
– Ciao, Valentina. Come stai?
– Bene, mamma.
– Com'è l'Inghilterra?
– Quella che sto vedendo io è tutta verde.
– E come sono i due vecchi?
– Allegri. Tu come stai?
– Benissimo, sta tranquilla. E tuo padre si spreca ad aiutarmi quando torna dal lavoro.
– Secondo me, si è innamorato di te un'altra volta.
– Tu dici?
– Certo. Ho visto benissimo come ti accarezzava e ti baciava al Valentino.
– Tu vedi sempre tutto, lo so.
– Ho degli occhi ancora buoni, mamma.
– E una testa che funziona meglio, eh?
– Mamma, non ti piaccio come sono?
– Valentina, vuoi provocarmi?
– Buona notte, mamma.
– Buona notte, Valentina.

Quando mi sono infilata sotto le coperte, avevo i piedi gelati. Allora mi sono rannicchiata per riscaldarmi meglio.

Ero contenta di avere corso sulla collina, di essere stata inseguita da Ben, di avere visto un cielo così bello e pulito. Mi sto abbandonando a questa vacanza come se dovesse durare per sempre.

Scommetto che anche Ben lo vorrebbe. Lo so che a lui piace stare con me. Ma anche a me piace stare con lui. Che cosa stava facendo in quel momento? Stava rivedendo anche lui la giornata appena trascorsa? E se fossi andata nella sua camera a chiederglielo? No, faceva troppo freddo. Inoltre non volevo muovermi nel corridoio come un fantasma in pigiama rosa con i fiorellini azzurri.

Allora ho respirato profondamente e ho chiuso gli occhi.

Mi sono addormentata quasi subito, e quasi subito ho cominciato a sognare.

Mi trovavo sulla collina, ma questa volta ero sola. Almeno così credevo, finché non ho rivolto gli occhi all'albero, sotto il quale mi ero distesa con Ben.

Alla sua ombra c'era qualcuno, e quando mi sono avvicinata, ho visto che era Claire. Aveva lo stesso vestito della notte prima e i suoi capelli fluttuavano al vento.

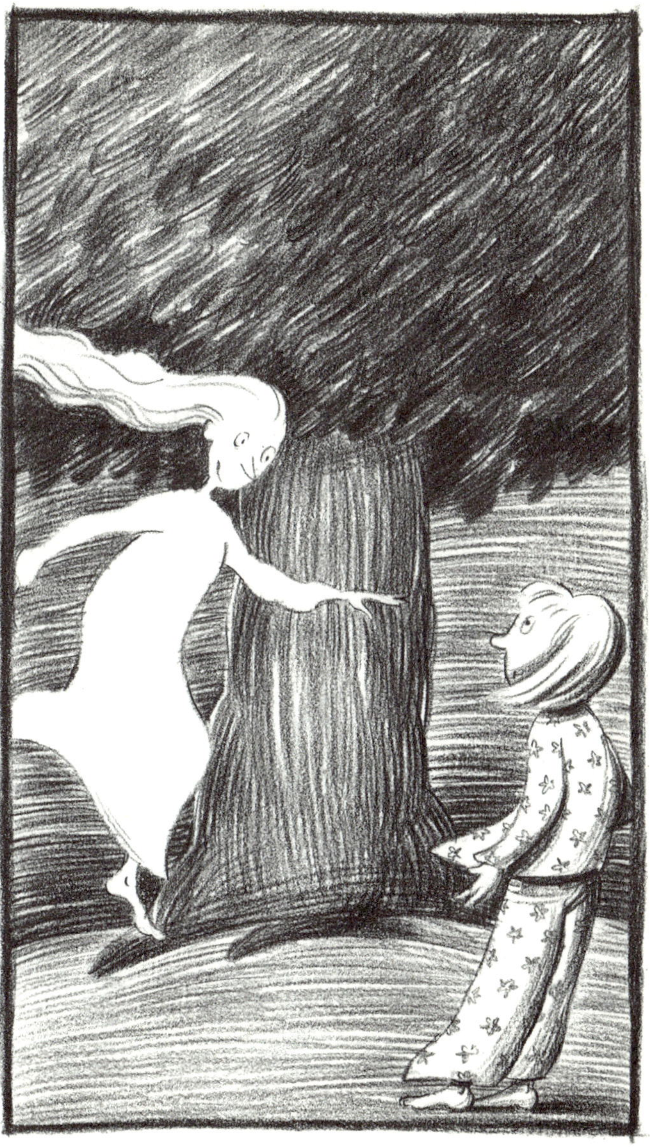

– Ciao – mi ha detto. – Sei stanca?
– No – le ho risposto.
– Vieni, siediti accanto a me.
Quando mi sono seduta, mi ha chiesto:
– Dov'è Ben?
– A casa dei nonni, credo.
– A casa dei miei genitori, vuoi dire. Mi piace molto quella casa. E la mia stanza, soprattutto. Voglio rivelarti un segreto. Devi sapere che una delle mattonelle del pavimento si può sollevare. Si trova proprio sotto il letto. Una volta vi ho nascosto un dente da latte e un rametto d'erica. Sono ancora là. Stai comoda nel mio letto?
– Sì.
– Anch'io ci dormivo benissimo.
Dopo queste parole, Claire si è alzata.
– Vuoi camminare un po' con me? – mi ha chiesto.
E senza aspettare la mia risposta, si è messa a correre. Ma dopo un centinaio di metri, quando stavo per raggiungerla, si è sollevata da terra.
Io mi sono fermata a bocca aperta, e lei mi ha gridato:
– Perché ti fermi? Corri, anche tu puoi volare.
Ho ripreso a correre e, senza rendermene conto, ho cominciato a sollevarmi nell'aria

muovendo le braccia e le gambe. Provavo una sensazione di grande leggerezza e tenevo gli occhi puntati su Claire.

«Che meraviglia,» pensavo «potrò toccare le nuvole con le mani». E ho gridato:
– Aspettami, Claire!

A quel punto, però, ho pensato di rivolgere gli occhi in basso, e di dare un'occhiata alla terra che si allontanava. Allora mi sono accorta di fluttuare nel vuoto, ho sbarrato gli occhi e ho cominciato a precipitare.

Prima di urtare contro la collina, mi sono svegliata. Mi sono passata una mano sulla fronte e mi sono asciugata il sudore con un lembo del lenzuolo.

La pioggia, il bosco, il pianto di Claire

QUANDO HO APERTO gli occhi, Ben era nella mia stanza, ai piedi del letto.
– Scusa se sono entrato senza chiedere permesso – mi ha detto. – Ma ho bussato a lungo e non mi hai risposto. Volevo solo sincerarmi che stessi bene. Se vuoi, puoi continuare a dormire. Tanto stamattina non è consigliabile uscire.

Solo allora mi sono accorta che nella came-

ra non c'era il sole e che i vetri della finestra erano bagnati.
– Piove?
– Sì.
– Non mi piace stare a letto da sveglia. Adesso mi alzo e vengo giù. Che ore sono?
– Le otto e mezzo.
Prima di uscire, Ben ha sorriso e ha detto:
– Scusa se te lo dico, ma con i capelli spettinati sei proprio buffa.
Io mi sono passata una mano tra i capelli e lui ha aggiunto:
– Fai con comodo. Ci vediamo più tardi.
Fino a mezzogiorno, abbiamo girellato intorno alla casa. Un po' pioveva, un po' spioveva, e non sapevamo cosa fare.
Dopo pranzo, si è levato un vento fortissimo e in pochi minuti il cielo è tornato sereno.
– Perfetto – ha esclamato Ben. – Il pomeriggio in bici è assicurato.
Alle due e mezzo, col K-way addosso, abbiamo inforcato le bici e siamo partiti. Il nonno di Ben aveva cercato di dissuaderci.
– Non allontanatevi troppo – ci ha infine detto.
– Torniamo sulla collina? – ho chiesto a Ben.
– No. Questa volta l'aggireremo e passeremo in mezzo a un bosco.

Dopo aver attraversato un paio di villaggi, siamo entrati in un boschetto. Allora siamo scesi dalle bici e ci siamo messi a camminare lungo un sentiero immerso nell'ombra.

Ben mi ha preso una mano e mi ha detto:
– È bello stare soli per un po'.
– Sì – ho detto io. – C'è tanta tranquillità qui.

Ben mi ha lasciato la mano e mi ha messo un braccio intorno alla vita.
– Come sei magra – ha detto.

E per un po' abbiamo camminato in silenzio.

Prima che il sentiero giungesse alla fine, Ben si è fermato e mi ha chiesto:
– Te la sentiresti di passare la notte in questo bosco?
– Vuoi dire da sola?
– No, con me.

Io ho alzato le spalle e non ho detto niente. Ben ha lasciato cadere la sua bici, e mi ha attirata a sé. Anche la mia bici è caduta per terra e un momento dopo mi sono trovata stretta fra le sue braccia.

Ero sorpresa e non sapevo cosa dire. E quando mi ha baciata all'angolo della bocca, mi sono irrigidita come una bacchetta di legno. Che cosa stava facendo? Ma non sono riuscita a dirgli di smetterla. Anzi, all'improvviso, mi sono sentita stranamente felice. E così anch'io l'ho stretto un poco.

Lui balbettava:

– Valentina... Valentina... – e continuava a baciarmi sui capelli, sulla fronte, su un orecchio, sul collo...

Io ho chiuso gli occhi e ho posato la testa sulla sua spalla. Anch'io avrei voluto ripetere il suo nome come lui faceva col mio. Ma avevo la gola chiusa e respiravo con affanno.

E quando una folata di vento ci ha fatti rabbrividire, ci siamo staccati, abbiamo raccolto le bici e siamo usciti dal bosco.

Alzando gli occhi, abbiamo visto che il cielo si stava annuvolando di nuovo.

– Tuo nonno aveva ragione – ho detto a Ben.

– A lui basta annusare l'aria e guardare il cielo, per sapere cosa succederà qualche ora più tardi. Forse è meglio tornare indietro.

– Dobbiamo per forza riattraversare il bosco?

– No, prenderemo la statale. Allungheremo un po', ma in caso di pioggia sarà più facile trovare riparo.

La pioggia ha cominciato a venir giù mezz'ora dopo, e il K-way ci riparava poco.

– Coraggio – mi ha detto Ben. – A due chilometri da qui dovrebbe esserci un pub.

Il pub c'era, per fortuna. Siamo scesi dalle bici, e le abbiamo lasciate sotto una tettoia. Poi siamo corsi verso l'ingresso del locale, e ci siamo fermati sulla soglia. Avevamo i jeans inzuppati e le facce grondanti. Ma l'uomo dietro il banco ci ha fatto segno di venire avanti.

– Credo che abbiate bisogno di qualcosa di caldo – ha detto. – Sedetevi laggiù. Vi preparo del tè.

– Bisogna avvisare il nonno, perché venga a prenderci col furgoncino – ha detto Ben. – Vado a telefonare. Sei bagnata fino alle ossa e non vorrei che ti prendessi una polmonite.

«Una polmonite?» ho pensato. «Come Claire?» E sono rabbrividita.

Il nonno di Ben è arrivato una mezz'ora dopo, ha pagato i due tè, ha caricato le bici sul pianale del furgoncino ed è ripartito.

Una volta a casa, sono andata nella mia camera, mi sono spogliata completamente e mi sono frizionata a lungo con un paio di asciugamani di spugna. Poi sono scesa in cucina e sono andata ad accoccolarmi accanto al termosifone.

Mentre preparava la cena, la nonna di Ben ha detto:

– Stasera andrete subito a letto. Non voglio che vi ammaliate.

Quando sono andata a letto, non riuscivo a

respirare bene con il naso, ed ero convinta che non mi sarei addormentata tanto presto. Invece sono scivolata nel sonno senza accorgermene.

E ho cominciato a sognare.

Mi trovavo nel bosco che avevo attraversato con Ben, e pioveva forte. In una mano stringevo una torcia elettrica. Siccome ero circondata da rovi e altri cespugli spinosi, a ogni passo che facevo mi graffiavo le gambe e le mani.

Sentivo solo il rumore della pioggia e lo stormire delle foglie sopra la mia testa. A un tratto, però, ho udito un pianto, una specie di invocazione. Mi sono arrestata di colpo, ho sciabolato il fascio di luce in ogni direzione e ho gridato:

– Chi c'è?

Ma non ho avuto risposta. Allora ho pensato a un animale che cercasse la sua tana. Poco dopo, tuttavia, ho riudito il lamento, e ho capito che doveva essere per forza quello di un bambino che piangeva.

– Chi sei? Dove ti nascondi? Vieni fuori! – ho gridato.

Ho fatto qualche passo a caso, e ho sentito una voce che diceva:

– Ho freddo. Voglio tornare a casa.

E dopo la voce, da dietro un cespuglio, è spuntata una testa con i capelli fosforescenti.

Per la sorpresa, la torcia mi è caduta di mano e si è spenta. Quando la testa si è girata verso di me, ho riconosciuto il viso di Claire. Le lacrime si mescolavano alla pioggia, e i suoi occhi fissavano i miei.

Allora ho gettato un urlo e mi sono svegliata.

Sul molo di Exeter con i cigni

STAMATTINA mi sono svegliata alla solita ora. Sono andata alla finestra e ho guardato fuori: il cielo era sereno e il sole stava per sorgere.

Mi sono stirata e, ancora in pigiama, sono andata a bussare alla camera di Ben.

– Avanti – ha detto.

Quando mi ha vista entrare, è balzato a sedere sul letto.

– Ah, sei tu! – ha esclamato. – Come stai?

– Veramente, dovrei chiederlo io a te. Hai gli occhi rossi e la voce roca. Io sto bene.

Mi sono guardata intorno e, prima di andar via, gli ho detto:

– Scusa se te lo dico, ma con quei capelli arruffati sembri proprio un porcospino.

– Sono certo che oggi sarà bello tutto il giorno – ha detto il nonno di Ben. – Volete venire con me a Exeter? Io devo sbrigare delle faccende con una banca e un avvocato, e voi potete starvene per conto vostro alcune ore.

Ben conosce Exeter come le sue tasche, e quando suo nonno ci ha lasciati davanti alla cattedrale, mi ha detto:

– Vieni, prima camminiamo sul lungofiume e poi ci fermiamo sul molo.

Exeter è una città molto elegante, con begli edifici, belle piazzette e curiose stradine. Cercavo di imprimermi nella memoria tutto ciò che vedevo, perché mi piace avere ricordi precisi dei luoghi che visito.

Ben però aveva fretta di condurmi al molo, e a un certo punto, visto che mi distraevo, mi ha presa per mano e mi ha costretta a stargli al fianco.

– Ti piace? – mi ha chiesto quando siamo giunti sul molo.

Alle nostre spalle c'erano due costruzioni a cinque piani, e Ben mi ha spiegato che un tempo erano la sede dei magazzini portuali, mentre oggi ospitano un museo navale.

Io mi sono avvicinata alle spalle di un uomo che era seduto su una cassetta di legno, e l'ho osservato con attenzione. Sembrava un vecchio marinaio: aveva gli stivali ai piedi, un berretto di panno in testa, uno spesso maglione blu addosso, calzoni di velluto e una canna da pesca al fianco. Guardava nell'acqua appena increspata, indifferente a tutto ciò che gli stava intorno: a un cane che correva su e giù per il molo, a un paio di bambine che facevano saltelli, ai cigni che poco lontano si avvicinavano a un muretto per ricevere il cibo da altri bambini.

Mentre guardavo i cigni, ho pensato alle fiabe che raccontano di persone trasformate in questi animali, per virtù di incantesimi o di maledizioni.

– Ti piacerebbe essere trasformato in cigno? – ho chiesto a Ben.
– Perché me lo chiedi?
– Sono così belli!
– E a te?
– Oh, a me piacerebbe essere trasformata in aquila. Vola alto e vede tante cose da lassù. E non ha paura di precipitare.

Più tardi siamo tornati davanti alla cattedrale, ci siamo seduti su un prato e abbiamo atteso che il nonno di Ben venisse a prenderci.

Dopo cena, Ben mi ha detto:
– Questa è l'ultima sera che passiamo con i nonni.
– Peccato. Ci stavo facendo l'abitudine.
– Davvero non hai nostalgia di casa tua?
– No. Qui mi sono divertita molto, ho corso,

mi sono inzuppata d'acqua e ho mangiato delle ottime marmellate.

Prima di indossare il pigiama, ho chiuso a chiave la porta della camera e mi sono infilata sotto il letto. Ho tastato con le dita tutte le mattonelle, e quando ne ho sfiorata una che era un po' sollevata dal pavimento, ho avuto un sussulto e ho battuto la testa contro la rete del letto. Ho tastato il contorno della mattonella, ho cercato di scalzarla con le unghie, ma non ci sono riuscita.

Allora sono venuta fuori, ho riaperto la porta e sono andata a letto.

Prima di chiudere gli occhi, mi sono detta:
– Voglio una notte senza sogni.

Invece ho cominciato subito a sognare.

Ero sul molo, davanti ai cigni che scivolavano silenziosamente sull'acqua. Tra poco sarebbe stata notte, e non capivo che cosa ci facessi lì, senza Ben.

E sono stata sul punto di gridare: «Ben, dove sei?».

Ma sono rimasta zitta. Avevo paura di rompere il silenzio che mi circondava.

A un tratto s'è fatto buio completo, e i cigni sono scomparsi. Poco dopo è sorta la luna e la sua luce si è riflessa sull'acqua, trasformandola in una pozza d'argento. E da quella pozza, piano piano, è affiorato qualcosa di lattiginoso.

Dapprima ho visto due piedi d'avorio, poi

una lunga tunica bianca e, infine, il viso di cera di Claire. Ho fissato i suoi occhi chiusi, e quando ho visto tremare le palpebre, ho lanciato un urlo e mi sono svegliata. Claire era seduta ai piedi del letto, e sorrideva dolcemente.

Allora sono saltata giù e sono corsa nella camera di Ben.

Ben si è alzato, si è stropicciato gli occhi e io mi sono gettata fra le sue braccia.

– Valentina, Valentina... – continuava a dire.

Ma io piangevo, e non riuscivo a dire niente. Quando mi sono calmata, ho sbattuto gli occhi e mi sono guardata intorno.

– Dove sono? – ho chiesto.

– Nella mia camera – ha risposto Ben.
– Aspettami, torno subito.

– Dove vai?

Poco dopo è tornato col mio cuscino.

– Questo letto è abbastanza grande per tutti e due – ha detto. E ha posato il mio cuscino accanto al suo.

Io sono entrata meccanicamente nel letto e mi sono rannicchiata su una sponda. Siccome però tremavo come una foglia, Ben si è accostato a me, mi ha abbracciata e ha detto:

– Perché tremi?

Io non gli ho risposto e l'ho abbracciato a mia volta. Lui respirava tranquillo con il naso tra i miei capelli, io respiravo più in fretta con la faccia premuta sul suo collo.

Non so fino a che ora siamo rimasti così. Quando mi sono svegliata, Ben era appoggiato su un gomito e mi osservava.

– Buon giorno – mi ha detto. – Hai dormito bene?

Io l'ho guardato a bocca aperta e stavo per dirgli: «Che ci fai nel mio letto?». Ma poi mi sono ricordata che in realtà ero nel suo e mi sono fatta un po' da parte.

– Che ore sono? – gli ho chiesto. E ho sbadigliato voltandomi verso la finestra.

– Puoi ancora restare, se vuoi.

– No, è meglio che torni nella mia camera. Scusa se ti ho disturbato.
– Non ho mai dormito così bene come stanotte – mi ha detto Ben ridendo.
E mi ha dato un bacio sulla bocca.
Io sono saltata sul pavimento e gli ho detto:
– Ci vediamo più tardi.

Ritorno a casa

MEZZ'ORA DOPO ero vestita e pettinata, e sono scesa di sotto a fare colazione. Più tardi è arrivato Ben, si è seduto accanto a me e si è messo a sgranocchiare cereali e a imburrare fette di pane.
– Ci conviene preparare subito le valigie – mi ha detto quando siamo usciti in giardino. – Il nonno conta di partire per Exeter verso le undici.
– Mi dispiace per stanotte – gli ho detto.
Ben ha alzato le spalle:
– Cos'era successo?
– Un incubo. Aveva a che fare con Claire.
– Forse non avrei dovuto parlarti di lei.
– Perché? Io dovevo sapere che la stanza nella quale dormivo le era appartenuta.
– Tu pensi che i morti ritornino?

– Io penso che non si muore mai del tutto. Secondo me, Claire non ha mai lasciato completamente la sua stanza. E io, forse, l'ho disturbata un po'.

Ben mi ha guardata con occhi perplessi.

– Saliamo a preparare le valigie? – mi ha chiesto.

Prima di lasciare la stanza, mi sono fermata sulla soglia, e a bassa voce ho detto:

– Addio, Claire. E scusami.

La nonna di Ben ha voluto che mettessi un barattolo di marmellata in una piccola sacca da viaggio, e mi ha tenuta sulle ginocchia per qualche minuto. Io ero stupita per questa familiarità. Ma quando l'ho guardata negli occhi, vi ho scorto una luce fatta di gioia e di tristezza insieme. Allora ho pensato: «Crede di avere Claire sulle ginocchia!». E mi sono alzata di colpo. Poi però mi sono seduta di nuovo, e l'ho abbracciata.

– È stato bello averti qui – mi ha detto. – In questa casa c'è sempre tanto silenzio. Verrai a trovarci di nuovo con Ben?

– Mi piacerebbe. Grazie per tutte le cose buone che mi ha dato da mangiare.

Ben ha tradotto puntualmente.

Anche suo nonno mi ha invitata a tornare. Lui, però, è molto attaccato a suo nipote, e ha continuato a parlargli durante tutto il tragitto in auto.

Io mi sono rannicchiata in un angolo del sedile posteriore, e ho contemplato il paesaggio. Era una bella giornata e l'erba si piegava sotto la forza del vento. Non avrei mai dimenticato quel verde, quelle nuvole sempre in viaggio e quel cielo che cambiava così rapidamente. Sono le stesse cose che ha visto Claire finché ha avuto la mia età.

All'aeroporto c'era il papà di Ben.

– Ciao, ragazzi. Tutto a posto?

– Tutto a posto.

Sotto casa, Ben mi ha stretto una mano e ha detto:

– Ciao, ci vediamo.

Io ho annuito e ho preso la mia valigia. Quando sono uscita dall'ascensore, mia madre mi aspettava davanti alla porta.

– Ciao, Valentina. Ben tornata.

– Ciao, mamma. – E l'ho abbracciata a lungo.

Mio padre e Luca non erano in casa, e io sono andata subito nella mia camera. L'ho ispezionata accuratamente, ho passato una mano sul letto, ho sfiorato con le dita il dorso di alcuni libri e infine sono andata a sedermi dietro la scrivania.

Mia madre è entrata, mi ha trovata lì con gli occhi chiusi e mi ha chiesto:

– Stai bene, Valentina?

– Sì, mamma. Sono solo un po' stanca.

– Mi racconterai tutto dopo. Vuoi che ti prepari una vasca d'acqua calda?
– Grazie. È proprio quello che desidero.

Dopo cena ha chiamato zia Elsa.
– Valentina, finalmente!
– Zia, sono mancata solo cinque giorni!
– A me sono sembrati molti di più. Lo sai che io ho bisogno di parlare con te.
– Scusa, ma con Paride non parli mai?
– Che c'entra? Lui è un uomo. Tra noi donne è diverso.
– Cos'è successo durante la mia assenza?
– Mattia e Sebastiano hanno continuato a crescere.
– Hai deciso di chiamarli così?
– Sì. Un nome l'ho scelto io, l'altro l'ha scelto Paride. Ascolta, nipotina, perché non vieni subito da me? Mi piacerebbe sentirti raccontare come hai trascorso questi giorni col tuo amichetto.
– Con Ben, zia. Con Ben.
– Allora, ti aspetto, eh?

Prima di andare a letto, è squillato di nuovo il telefono. Era Genoveffa.
– Ciao, Valentina. Eccoti di nuovo tra noi. Ti sei divertita?
– Abbastanza. Come sta Sergio?

– Bene. Ti ha pensato molto, sai?
– Lui pensare a me? Non ci credo.
– Adesso te lo passo.
Ero sicura che Sergio non sarebbe venuto al telefono. Invece ha preso la cornetta e ha detto:
– Perché sei sparita?
– Non sono sparita. Mi sono solo assentata.
E dato che è rimasto zitto, gli ho chiesto:
– Non hai altro da dirmi?
– No.
– È vero che hai sentito la mia mancanza?
– No.
– Credo che mi stai dicendo una bugia.
– No.
– Hai dimenticato le altre parole?
– No.
– La prossima settimana ricomincio a venire da te.
– N...
– Come hai detto?
– Non ho detto niente.
– Ah, mi sembrava. Adesso passami Genoveffa.
– Non c'è.
– Come, non c'è!
– È andata via.
– Chiamala, no?
– Non posso.
– Perché?

– Perché non so dov'è andata.
– Sarà in cucina.
– No, abbiamo già cenato.
– Allora sarà in camera da letto.
– No, lei va a dormire dopo di me.
– Insomma, sarà nel bagno a fare la pipì.
– No, perché la luce è spenta.
– Dai, sarà uscita sul balcone.
– No, perché ha già ritirato i panni.
– Di' un po', non sarà mica sparita!
– No, è qui accanto a me. Ciao, scema.
– Ehi, dico...
– Valentina?
– Genoveffa, che sta succedendo?
– Niente, perché? Vedo che tu e Sergio avete un sacco di cose da dirvi.
– Lasciamo perdere.
– Verrai martedì prossimo?
– Certo. Ho speso tutti i soldi che ho guadagnato nelle settimane scorse.
– Ti aspettiamo. Bentornata, Valentina.

Le curiosità di zia Elsa

– ZIA ELSA, sei ingrassata parecchio – ho detto alla zia dopo che sono venuta fuori dal suo abbraccio.

La zia ha sospirato e ha detto:
– Forse sto mangiando troppo. Ma in fondo, ho pensato che siamo in tre, no?
– Hai ragione.
– Tu, invece, sei sempre magra e snella. Non riesco proprio a immaginarti diversa. Ah, Valentina, che piacere averti di nuovo qui! Quando ti vedo, mi sento subito meglio. Con te riesco a confidarmi come con nessun altro. Tu hai una faccia così pulita, degli occhi così chiari...
– Io mi lavo spesso, zia.
– Su, su, non prendermi in giro. Piuttosto, vorrei che anche tu ti confidassi con me.
– E cosa vorresti che ti dicessi?
– Mah, per esempio vorrei essere la prima a saperlo quando ti arriveranno le mestruazioni.
– Non correre troppo, zia! Ma... ma dimmi, è vero che fa male quando esce il sangue?
– Chi te l'ha detto?
– Ilaria.
– Chi è?
– Una mia compagna.
– È già mestruata?
– No.
– Allora non può saperlo. No, non fa male. Solo un po' di mal di pancia, soprattutto le prime volte.
– Com'è stata la tua prima volta?

– Tremenda. Ero convinta di stare per morire.
– Come, tua madre non ti aveva preavvertita?
– Non ne aveva avuto il tempo. Quando sono andata in cucina e le ho detto singhiozzando che avevo le mutande bagnate di sangue, ha osservato: «Be', ci sei arrivata anche tu. Era ora!». In realtà non avevo nemmeno undici anni, pensa!

Visto che ormai la discussione era avviata, ho chiesto alla zia:
– È davvero tanto il sangue che si perde?
– Sta' tranquilla, con una bistecca recuperi tutto.
– Credo che mi sentirò molto sporca, quando mi succederà.
– Figurati, con tutti gli assorbenti che si trovano in giro, sarai sempre profumata come una rosa e pulita come un neonato.
– Zia, mi piace che ne parliamo insieme senza problemi.
– Nipotina, tra donne ci si capisce sempre. O meglio, quasi sempre. Ma dimmi, come vanno le cose con Ben?
– E come vuoi che vadano?
– Suvvia, possibile che non vi siate scambiati nemmeno un bacetto?
– Zia, io non ho mai baciato nessuno. È stato lui che qualche volta l'ha fatto. Ma a tradimento.

– E tu perché non lo hai mai baciato?
– Non lo so. Perché dovrei farlo?
– Perché? Se si vuol bene a qualcuno, è normale dargli un bacio. Te lo devo dire io, che ho imparato così tardi? Tu vuoi bene a Ben?
– Io... sì, come se ne vuole a un amico.
– Basta, Valentina, non voglio essere troppo indiscreta.
Allora l'ho abbracciata e le ho detto:
– Se vuoi ascoltarmi, ti racconto per filo e per segno come ho passato la mia vacanza in Inghilterra.
E le ho raccontato quasi tutto, tranne, cioè, della sera in cui sono corsa spaventata nella camera di Ben e mi sono infilata nel suo letto.
Zia Elsa passerà il Natale con noi e credo che avremo un'altra bella occasione per chiacchierare.

Due cuori e un dito in bocca

– CHE PEDATE, Valentina! – mi ha detto oggi la zia. – Sembra che nella mia pancia si stia giocando una partita.
– Visto che sono in due, forse stanno un po' stretti e litigano per accaparrarsi più spazio – ho detto io ridendo.

– O forse hanno fretta di uscire.
– Non si può aiutarli a venir fuori prima?
– Scherzi? Bisogna che se ne stiano tranquilli per i nove mesi previsti. Non voglio che li chiudano in una incubatrice. La mia pancia è molto meglio, per loro.
– Allora dovrai sopportare le loro pedate, zia.
– Ma sì, che scalcino pure, purché non esagerino e mi lascino dormire.
– Zia, mi piacerebbe posare l'orecchio sulla tua pancia e provare a sentire come gli batte il cuore. Sono due e dovrebbero fare un bel rumore, non credi?
La zia, che era seduta su una grande poltrona, a quelle parole ha sorriso, ha allargato le braccia e ha detto:
– La mia pancia è a tua disposizione.
Io sono rabbrividita, mi sono inginocchiata davanti a lei e ho posato l'orecchio destro sul suo pancione enorme.
Più che il battito di due cuori, udivo una serie di confusi brontolii.
– Che cosa senti? – mi ha chiesto la zia.
Ma io non le ho risposto. Ho chiuso gli occhi e ho provato a vedere con la mente i due piccoli che nuotavano nel suo ventre e che forse in quel momento dormivano con un dito in bocca.

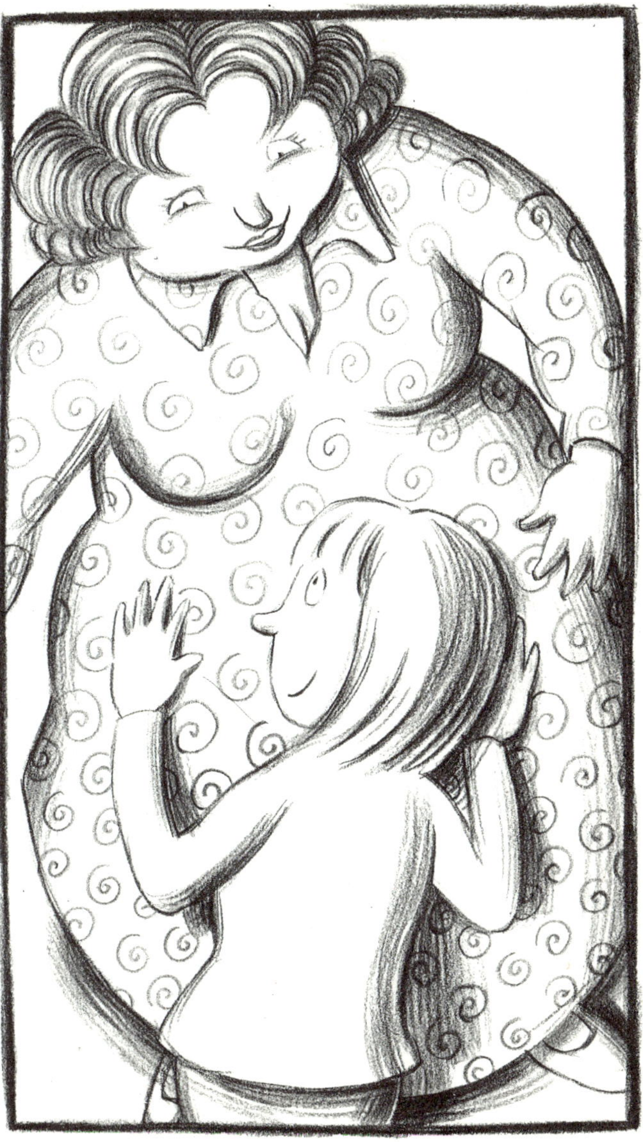

Come sarà il futuro?

7 GENNAIO, sono tornata a scuola.

Appena mi ha vista, Sara mi ha gettato le braccia al collo. Io, però, le ho subito domandato:

– Che ci fa quel cerotto sul tuo sopracciglio destro?

– Sono caduta a casa della nonna.

– Allora siete andati in campagna! Su, raccontami cos'è successo.

– Sono inciampata mentre uscivo di casa. Tutto qui. E tu? Com'è andata la tua vacanza in Inghilterra?

– Ho pedalato e corso molto.

– E con la lingua come te la sei cavata?

– Ci pensava Ben a tradurre. Ma ci capivamo benissimo anche con i gesti.

– Come ti sei trovata con Ben?

– Come al solito.

– Voglio dire, era la prima volta che stavate tanto tempo insieme. Avete dormito nella stessa camera?

– No, lui aveva la sua, io avevo la mia.

– Anche a me piacerebbe fare una vacanza col mio ragazzo. Ma non credo che ne avremo l'occasione tanto presto.

Io l'ho abbracciata di nuovo e le ho detto:

– Sara, sono davvero contenta di rivederti.

– Anch'io. Se vuoi saperlo, io a scuola vengo volentieri proprio perché ci sei tu.

– Allora che ne dici se frequentiamo anche le superiori insieme?

– È una bella idea. Tu che indirizzo di studi pensi di seguire?

– Mi piacerebbe studiare tante lingue straniere. A te no?

– Non credo di esserci portata. Ma se questa è la condizione per stare insieme, sono disposta a studiare anche il giapponese con te. E adesso ti spiego cosa è successo al mio sopracciglio, visto che non la smetti di guardarlo. In realtà, è stato mio fratello. Ma non lo ha fatto apposta. Si era messo in testa di dare la caccia agli uccelli a colpi di pietre. Noi l'abbiamo lasciato fare, perché volevamo che si sfogasse in libertà almeno per alcuni giorni. A un certo punto, mi sono trovata sulla traiettoria di un passero, e mio fratello ha preso me. Accidenti, non ho mai visto uscire tanto sangue da una ferita. Soddisfatta? Buon anno, Valentina.

Sergio vuol fare la lotta

– ANDIAMO ai giardini? – ho proposto a Sergio quando sua madre è uscita.

– No, voglio restare a casa – mi ha risposto.

Io ho alzato le spalle, ho aperto un libro e mi sono accomodata in poltrona.

Sergio mi ha guardata e ha detto:
- Scommetto che io sono più forte di te.
- Può darsi – ho detto senza alzare gli occhi dal libro.
- Perché non facciamo la lotta?
- La lotta?
- Sì. Non hai coraggio, eh?
- Io ho tutto il coraggio che voglio. Ma la lotta si fa con certe regole. E poi adesso non mi va.
- Quali regole?

Sergio si è messo le mani sui fianchi e mi ha guardata con occhi di sfida.
- Per esempio, non si danno né pugni né calci. E risulta sconfitto chi viene messo con la schiena a terra.
- Va bene. Dai, cominciamo.
- Un altro giorno.
- No, adesso.

Ho dato un'occhiata al pavimento del soggiorno. Davanti al divano e alle due poltrone era steso un largo tappeto. Se non altro, non ci saremmo dimenati sulle mattonelle, ho pensato.
- D'accordo. Ma ricordati le regole.

E prima che dessi il via, mi è saltato addosso e mi ha afferrato alla vita. Io l'ho afferrato alle spalle, ma lui mi ha fatto uno sgambetto e sono finita per terra.

– Anche gli sgambetti non sono ammessi – ho detto.

Sergio, però, non mi ascoltava più. Mi ha puntato la testa contro il petto, e cercava di farmi coricare sulla schiena. Stringeva i denti, aveva il viso congestionato e io facevo una gran fatica a schivare le sue testate.

– Con te... ci vogliono... molte più regole – ho detto ansimando.

Finalmente è riuscito a farmi cadere sulla schiena, ma io mi sono prontamente girata su un fianco.

– Vai giù... vai giù... – gridava.

Allora ho cominciato a fargli il solletico sulla pancia e sotto le ascelle.

Lui dapprima ha digrignato i denti e si è dimenato come un'anguilla.

– Smettila... smettila... – sbuffava.

Ma poi ha dovuto mollare la presa e ha tentato di sfuggirmi. Io l'ho tenuto stretto e ho continuato a fargli il solletico, finché è scoppiato a ridere e si è messo a gridare:

– Scema... scema... scema...

Allora l'ho lasciato andare, credendo che si fosse arreso. Lui però ne ha approfittato per saltarmi addosso e mi ha inchiodata a terra.

– Ho vinto! Ho vinto! – ha urlato.

Io sono rimasta coricata sulla schiena, sfinita, mentre lui se ne stava seduto sulla mia pancia.

– Scendi... non riesco a respirare – gli ho detto.

– È vero che ho vinto io?

– Sì... ma ti ho detto di scendere... Adesso vado a pettinarmi. Vieni, che do una sistemata anche a te.

– E poi facciamo la lotta di nuovo?

– No, per oggi ne ho avuto abbastanza.

– Sono forte?

– Non c'è male.

– Glielo dirò subito alla mamma. Lei non ci credeva stamattina.

– Allora l'avevi programmata questa sfuriata!

Quando mi sono alzata per andare nel bagno, ho sentito un bruciore alla nuca. Ci ho passato sopra due dita, e sui polpastrelli ho visto delle tracce di sangue. Anche Sergio le ha viste, e balbettando ha detto:

– Non sono stato io... non sono stato io.

– Smettila, sciocco. Non è niente di grave. Probabilmente un'unghiata.

E sono andata a lavarmi. Lui mi è venuto dietro, poi è andato in cucina, a prendere un flacone di disinfettante e una scatola di cerotti.

– Tieni – ha detto.

– Vorrei anche un po' di ovatta.

– È lì, nell'armadietto di papà.

A sentire la parola "papà" sulla sua bocca, ho avuto una reazione di sorpresa. Ho aperto l'armadietto, ho preso un batuffolo di ovatta, l'ho imbevuto d'alcol e mi sono massaggiata la parte del collo graffiata. Poi ho tirato fuori un cerotto, ho tolto le linguette di carta e ho detto a Sergio:

– Sei capace di metterlo tu? Io non ci arrivo.

Sergio ha preso il cerotto e io gli ho offerto la nuca.

Quando ho visto l'espressione mortificata che aveva sul viso, mi sono chinata e l'ho abbracciato.

Poi siamo andati a sederci in salotto. E oggi, per la prima volta, sono riuscita a leggergli una storia dall'inizio alla fine.

Aspettando Daniele

LA MAMMA partorirà il mese prossimo e finalmente si è decisa a comprare qualche abito per neonati.

Zia Elsa era quasi scandalizzata.

– Stai per partorire, e non hai ancora pensato a come vestire tuo figlio?

L'anno scorso la mamma ha regalato gli abiti di Luca a una nostra vicina che lasciava Torino per tornare in Sicilia. Anche lei aspettava un bambino, e la mamma si è sbarazzata volentieri di camiciole e di tutine.

Evidentemente non aveva messo nel conto Daniele.

– Sei sicura di voler partorire in casa? – le ho chiesto oggi pomeriggio.

– Certo. Ho già parlato con l'ostetrica, e mi ha detto che porterà con sé un'infermiera in gamba. Inoltre Concettina e Mariella daranno una mano.

– Chi? Le vicine del piano di sopra?

– Sì. Mi hanno detto che ai loro paesi hanno aiutato a nascere più di un marmocchio.

– E io cosa devo fare mentre Daniele sta per nascere?

– Puoi andare dalla nonna con Luca, se vuoi.

– E dovrei lasciarti da sola?

– Valentina, non sarò sola.

– Non importa. Io resterò in casa.

Adesso che l'arrivo di Daniele è prossimo, comincio a sentire una certa agitazione addosso. Mia madre l'ha capito e mi ha detto:

– Valentina, ai medici bisogna ricorrere solo quando è indispensabile. Lo sai che molte donne, in giro per il mondo, partoriscono da sole?

– Mamma, mi fido di te.

Zia Elsa si sbriciola

QUANDO VADO A TROVARE la zia, a volte ci sediamo sul divano e leggiamo un libro ciascuna per conto proprio. Ma questi momenti di lettura silenziosa, in genere durano poco. Con lei mi prende sempre una gran voglia di parlare.

Oggi, per esempio, le ho detto:

– Lo sai che cosa mi ha chiesto Luca un giorno?

– No. Cosa ti ha chiesto?

– Mi ha chiesto: «Come ha fatto Daniele a entrare nella pancia della mamma?».

– E tu cosa gli hai risposto?

– Niente. Credo di essere diventata rossa.

– Tu lo sai come ci è entrato?

– Zia! Certo che lo so!

– E allora perché non lo hai spiegato a tuo fratello?

– Perché... perché...

– Dai, dai, non diventare rossa anche adesso. Io credo che saresti arrossita anche se me lo avessero chiesto a trent'anni.

– Adesso non arrossiresti più?

– Valentina, oggi non arrossirei più di niente. Soprattutto con te.

– Nemmeno se ti facessi una domanda proprio indiscreta?

– Su, mettimi alla prova.

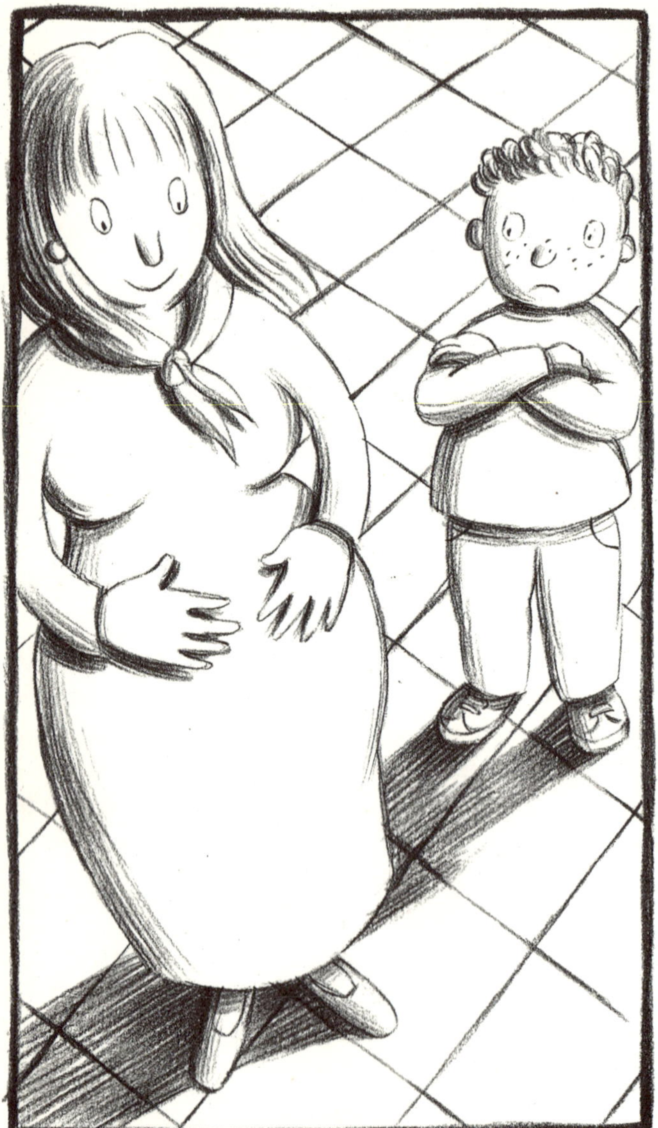

Io l'ho guardata negli occhi, e credo di essere diventata parecchio rossa, perché mi sono sentita le guance infuocate. La zia ha fatto finta di niente e sorridendo mi ha detto:
– Sto aspettando, Valentina.
– Zia... com'è... com'è fare l'amore?

La zia ha spalancato gli occhi, si è avvicinata di più a me, mi ha messo un braccio intorno alle spalle, e dopo aver fatto un lungo respiro, ha mormorato:
– È bellissimo, Valentina.
– Davvero?
– Sì. Ma non chiedermi di spiegartelo nei dettagli, perché non ne sarei capace. E non perché mi vergogni, ma perché non saprei dirti cosa succede nella mia testa e nelle mie viscere in quei momenti. Posso dirti solo che da un lato mi sembra di sbriciolarmi tutta, dall'altro è come se mi volatilizzassi nell'aria.

Io sono rimasta in silenzio, pensosa, e la zia mi ha baciata e mi ha stretta forte.

Con zia Elsa, al corso di preparazione al parto

ZIA ELSA ha cominciato a frequentare un corso di preparazione al parto, e me ne parla come di una esperienza decisiva.

– Mi assicurano che il travaglio sarà molto facilitato – dice. – Lo spero, perché ci si stanca tanto a fare gli esercizi. Ma in mezzo a tante donne incinte, mi sento anche rilassata.

Ieri mi ha detto:

– Hai voglia di accompagnarmi, domani?

– Zia, cosa c'entro io con il tuo corso?

– Niente, ma vorrei che vedessi come si svolge. Così, per fartene un'idea. In fondo, prima o poi toccherà anche a te.

– Zia, tu fantastichi. Io non so nemmeno se mi sposerò un giorno.

– Mah, dicevo anch'io così. E comunque sia, un figlio potrai sempre averlo, se lo decidi.

Io ho scosso la testa, ma oggi sono andata con lei. E per una mezz'ora, non ho distolto gli occhi dalle donne che, con le pance più o meno grosse, stavano coricate per terra, facevano dei movimenti con i fianchi e con le gambe, e respiravano in modo strano.

La zia si impegnava al massimo, e ogni tanto mi strizzava l'occhio.

Mentre tornavamo a casa, mi ha chiesto:

– Che te ne è parso?

– Se devo dire la verità, mi sembravate un po' ridicole. A parte una ragazza.

– Chi, Linda?

– Quella con la tuta azzurra e un vassoio di frutta stampato sulla maglia.

– Appunto, Linda. Ha diciannove anni ed è una ragazza madre.
– Che significa?
– Che il suo ragazzo le ha regalato un figlio e poi si è reso uccel di bosco. Ma Linda se ne infischia. Lei questo figlio lo vuole e i suoi genitori sono d'accordo con lei.
– Come fai a sapere queste cose?
– Me le ha raccontate lei. Se vuoi, la prossima volta che mi accompagni, te la faccio conoscere.

È arrivato Daniele

DA UN PAIO DI GIORNI, Concettina e Mariella stanno più spesso a casa nostra e si consultano con la mamma.
– Penso che sia questione di poco, Valentina – mi ha detto stamattina la mamma.
Il cuore ha preso a battermi fortissimo, e mi sono chiesta se era il caso che andassi a scuola.
Mia madre però ha detto:
– Tuo padre si è preso tre giorni di ferie.
Quando sono uscita dalla stanza della mamma, mio padre mi ha messo una mano sulla spalla e mi ha detto:
– Ad ogni buon conto, io ho l'auto davanti

al portone e il numero di telefono del pronto soccorso a portata di mano. L'ospedale è vicino e un'ambulanza farà presto ad arrivare. Deciderò io a tempo debito.

All'una e mezzo ero a casa. Mio padre ha aperto la porta e mi ha detto:

– Luca è dagli inquilini del piano di sotto. Concettina e Mariella sono con tua madre e l'ostetrica sarà qui tra poco. Vuoi andare a tenere compagnia a tuo fratello?

– No – ho mormorato. – Voglio restare qui.

– Allora vai in cucina e stattene tranquilla.

L'ostetrica si è affacciata in casa con un gran sorriso e ha detto:

– Eccomi qua.

Era una donna col viso squadrato e le braccia muscolose. Prima che andasse dalla mamma, le ho chiesto:

– Lei è proprio sicura di sapere come si fa a far nascere un bambino in casa?

Il suo sorriso si è spento e mi ha risposto:

– Ragazzina, hai a che fare con un'ostetrica diplomata che ha fatto nascere decine di bambini. E godono tutti ottima salute, te l'assicuro. Vieni, Miriam.

Nelle due ore successive è stato un andare e venire dalla camera della mamma, uno scrosciare d'acqua nel bagno, un girare di bacinelle per la casa.

Quando in cucina è entrata Concettina, le ho chiesto:
– Tutto bene?
– Secondo me sì. Fidati. Me ne intendo.
– E l'ostetrica che fa?
– Dà solo ordini. Avrei potuto farlo nascere io il piccolo. Ma dato che non ho il diploma...
Anche papà è venuto a trovarmi, sventolando un bigliettino con la mano.
– Se tra un'ora siamo allo stesso punto, chiamo l'ospedale – ha detto.
Mezz'ora dopo, però, ho sentito uno strillo e sono saltata in piedi.
– Ferma, dove vai? – mi ha chiesto mio padre.
– Vorrei vederlo – ho detto tremando.
– Aspetta, aspetta. Bisogna che lo lavino, lo sistemino... Più tardi, più tardi.
Prima di andarsene, l'ostetrica mi ha guardata con aria di superiorità. Io, però, le ho rivolto un'occhiata di riconoscenza. Allora lei mi ha sorriso e ha detto:
– Dovrei tenere il conto di quanti ne faccio arrivare sani e salvi su questa terra. Vai, vai, tua madre ti aspetta.
Sono entrata nella camera della mamma in punta di piedi. Mia madre aveva la faccia

stanca, ma era felice. Mi ha fatto un cenno con la testa, e io mi sono avvicinata al letto. Poi, con una mano, ha sollevato un lembo del lenzuolo e mi ha mostrato un fagottino. Dal fagottino sporgeva una faccia grinzosa. Gli occhi erano chiusi, ma le labbra si aprivano e chiudevano come se volessero dir qualcosa.

– Ti presento Daniele – ha mormorato la mamma.

Io mi sono chinata e li ho baciati tutti e due.

«*Vorrei dirti tante cose...*»

CONCETTINA E MARIELLA non hanno voluto intendere ragione. A mia madre, che dopo tre giorni voleva mettersi in giro per la casa, hanno imposto di restare a letto almeno una settimana.

– Di che ti preoccupi? Ci siamo noi – ripetevano. – Tu stattene a letto. Inutile rischiare.

Il primo giorno, Luca si è rifiutato di entrare nella camera della mamma.

– Ormai è nato. Non avrai paura di un bambino piccolo? – gli ho detto.

Dapprima ha mugugnato, poi si è fatto accompagnare da mio padre.

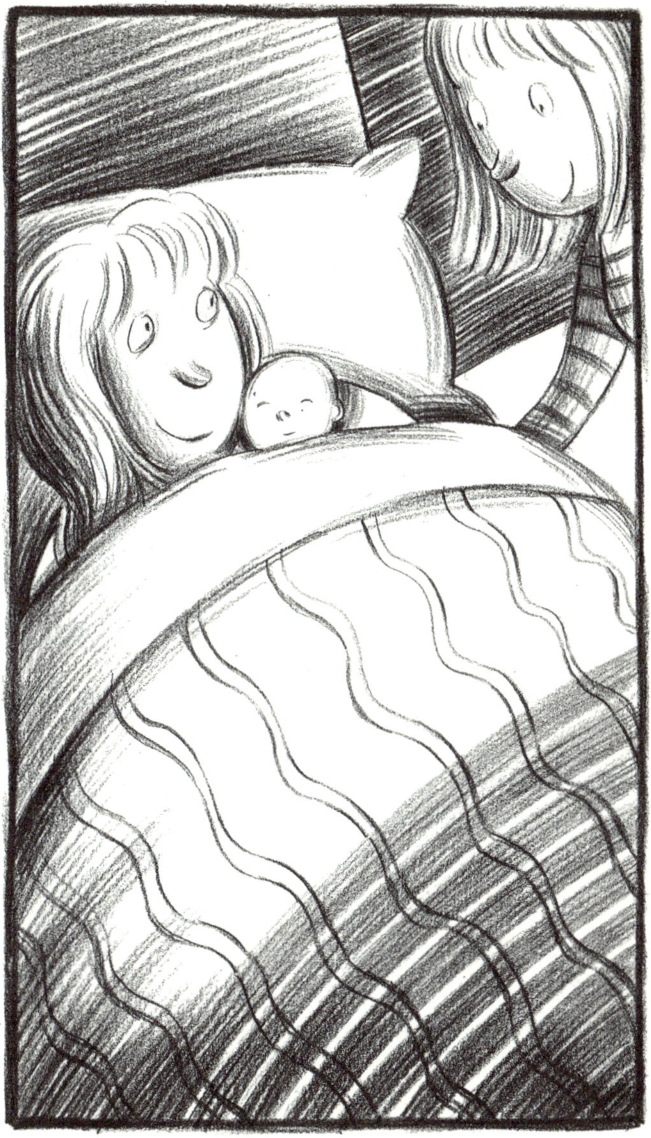

Quando sono usciti, sono entrata io. Mia madre si era scoperta un seno e stava allattando Daniele. Con la bocca attaccata al capezzolo, Daniele succhiava con forza e la sua bocca sembrava intenta a macinare.
- Come ti senti, mamma?
- Come quando ero poco più di una ragazza e sei nata tu. Per favore, stai un po' più con Luca. Si sente spodestato.
- Sta' tranquilla, ci penso io.
- Valentina...
- Sì?
- Vorrei dirti tante cose.
- Le so già, mamma.

Zia Elsa è quasi pronta

LA ZIA ELSA è stata la prima a telefonare.
- Valentina, com'è andata?
- Benissimo, zia.
- Il bambino com'è?
- Non troppo bello. Ci vorrà qualche giorno perché diventi più presentabile.
- Non ci sono stati intoppi?
- No. L'ostetrica era diplomata e ha già fatto nascere dozzine di bambini.

– Sarà. Io, a ogni buon conto, preferisco l'ospedale. Con due gemelli, poi...
– Quando nasceranno?
– È questione di poche settimane. Perché non vieni a trovarmi più spesso in questi giorni?
– Va bene, lo farò.

Benvenuta, Valentina!

PARIDE ha telefonato verso le sette. Mio padre si è alzato sbuffando ed è andato a rispondere.
– Ah, sei tu? – ha detto. – Sei sicuro? Va bene, lo dico subito a mia moglie.
Poi è venuto nella mia camera e mi ha detto:
– Tua zia sta per andare in ospedale.
Per tutta la mattina, a scuola non sono riuscita a combinare niente. E quando Sara mi ha detto:
– Controlla bene la tua sedia. Devi avere dei chiodi o delle spine sotto il sedere – io ho sospirato:
– Mia zia sta per partorire.
– E tu che c'entri?
– C'entro, c'entro.

Uscita da scuola, sono filata a casa senza aspettare Ben.
- Allora? – ho chiesto a mia madre.
- Parto regolare. Ma c'è una sorpresa. E la zia vuole fartela lei personalmente.
- Quando potrò andare a trovarla?
- Ci andrai stasera con tuo padre.

Alle sette ho salito la rampa di scale che conduceva al reparto maternità. Sono passata davanti ad alcune stanze piene di gente e quando sono arrivata di fronte alla diciassette, ho respirato profondamente, e sono entrata.

La zia era seduta nel letto con la schiena appoggiata a due cuscini.
- Zia!
- Valentina!

E per qualche secondo non siamo state capaci di dire niente. Poi la zia ha scoperto due fagottini affiancati e ha detto:
- Meno male che sei arrivata adesso. Tra poco li porteranno via.

Io ho fissato le due faccine e ho cercato qualche indizio che mi facesse capire che erano gemelli.
- Non noti niente di particolare? – mi ha chiesto la zia.
- Forse... forse i capelli di questo...
- Eh, no, Valentina. Ti sei sbagliata.
- Cosa vuoi dire, zia?

– Non dovevi dire di "questo", ma di "questa".
– Non mi dirai che...
– Già, è una femmina. L'altro invece è un maschio. L'ecografia è stata un mezzo fiasco.
– Era questa la sorpresa!
– Proprio così. E adesso, Mattia resta, ma per la bambina dovrò cercare un nome adatto. Hai qualche suggerimento da darmi?
– Non saprei, zia.
– Io, veramente, un'idea ce l'avrei.
– Come vorresti chiamarla?
La zia ha sorriso e ha detto:
– Ma è chiaro, no? Valentina!

Indice

Le vacanze stanno per finire	7
Daniele nascerà in casa	7
E se io non fossi nata?	10
«Non lo voglio questo Daniele, non lo voglio!» ...	11
Forse un giorno volerò	15
Una carezza sotto la magnolia	18
Zia Elsa sprizza allegria	19
Anche tu, zia Elsa!	20
Crescere? Sì, ma non voglio che si veda	23
Penso a un nuovo lavoro	25
Una telefonata di Genoveffa	27
Una corsa in bici	30
Primo incontro con Sergio. Voci di guerra ai giardini	32
Sara e le montagne da scalare	38
Luca ha bisogno di fiabe	41
«Mamma, sei una vera centrale del latte»	42
E chi se l'aspettava?	44

Battaglia ai giardini	47
Sara e i segreti di famiglia	51
«Papà, non pensi che ogni tanto bisogna correre dei rischi?»	54
«Ti sta baciando! Ti sta baciando! Adesso lo dico alla mamma»	58
Una telefonata di Rosalia	60
Le stelle di Faedo	61
La mamma ricorda	62
«Un topo! Un topo! Evviva! Evviva!»	66
Zia Elsa e l'ossessione dei gemelli	71
Quante lodi, zia Elsa!	73
Sara e i baci sulla bocca	76
Sergio parte in esplorazione sotto la pioggia	79
Un incontro imprevisto a Porta Palazzo	83
Una cena silenziosa	87
Genoveffa fa una proposta	90
La storia di Alessandra	94
Marta è sparita	97
«Come ha fatto a entrare nella pancia della mamma?»	103
È arrivato Sergio	104
Fuga, affanno, sangue...	109
Carezze e baci, anatre e germani reali	115
È tornata Genoveffa	121
«Valentina, prega per me!»	123
Sognando la brughiera...	124
Un robot telecomandato e un orsacchiotto di peluche	126
Nella camera di Claire	130

Un dente da latte e un rametto d'erica 134
La pioggia, il bosco, il pianto di Claire 143
Sul molo di Exeter con i cigni 149
Ritorno a casa 155
Le curiosità di zia Elsa 160
Due cuori e un dito in bocca 163
Come sarà il futuro? 166
Sergio vuol fare la lotta 167
Aspettando Daniele 171
Zia Elsa si sbriciola 173
Con zia Elsa, al corso di preparazione al parto ... 175
È arrivato Daniele 177
«Vorrei dirti tante cose...» 180
Zia Elsa è quasi pronta 182
Benvenuta, Valentina! 183

IL BATTELLO A VAPORE

**Serie Arancio
a partire dai 9 anni**

1. Mino Milani, *Guglielmo e la moneta d'oro*
2. Christine Nöstlinger, *Diario segreto di Susi. Diario segreto di Paul*
3. Mira Lobe, *Il naso di Moritz*
4. Juan Muñoz Martín, *Fra Pierino e il suo ciuchino*
5. Eric Wilson, *Assassinio sul "Canadian-Express"*
6. Eveline Hasler, *Un sacco di nulla*
7. Hubert Monteilhet, *Di professione fantasma*
8. Carlo Collodi, *Pipì, lo scimmiottino color di rosa*
9. Alfredo Gómez Cerdá, *Apparve alla mia finestra*
10. Maria Gripe, *Ugo e Carolina*
11. Klaus-Peter Wolf, *Stefano e i dinosauri*
12. Ursula Moray Williams, *Spid, il ragno ballerino*
13. Anna Lavatelli, *Paola non è matta*
14. Terry Wardle, *Il problema più difficile del mondo*
15. Gemma Lienas, *La mia famiglia e l'angelo*
16. Angelo Petrosino, *Le fatiche di Valentina*
17. Jerome Fletcher, *La voce perduta di Alfreda*
18. Ken Whitmore, *Salta!!*
19. Dino Ticli, *Sette giorni a Piro Piro*
21. Peter Härtling, *Che fine ha fatto Grigo?*
22. Roger Collinson, *Willy e il budino di semolino*
23. Hazel Townson, *Lettere da Montemorte*
24. Chiara Rapaccini, *La vendetta di Debbora (con due "b")*
25. Christine Nöstlinger, *La vera Susi*
26. Niklas Rådström, *Robert e l'uomo invisibile*
27. Angelo Petrosino, *Non arrenderti, Valentina!*
28. Roger Collinson, *Willy acchiappafantasmi e gli extraterrestri*
29. Sebastiano Ruiz Mignone, *Il ritorno del marchese di Carabas*
30. Phyllis R. Naylor, *Qualunque cosa per salvare un cane*
33. Anna Lavatelli, *Tutti per una*
34. G. Quarzo - A. Vivarelli, *La coda degli autosauri*, Premio "Il Battello a Vapore" 1996
35. Renato Giovannoli, *Il mistero dell'Isola del Drago*

IL BATTELLO A VAPORE

36. Roy Apps, *L'estate segreta di Daniel Lyons*
37. Gail Gauthier, *La mia vita tra gli alieni*
38. Roger Collinson, *Zainetto con diamanti cercasi*
39. Angelo Petrosino, *Cosa sogni, Valentina?*
40. Sally Warner, *Anni di cane*
41. Martha Freeman, *La mia mamma è una bomba!*
42. Carol Hughes, *Jack Black e la nave dei ladri*
43. Peter Härtling, *Con Clara siamo in sei*
44. Galila Ron-Feder, *Caro Me Stesso*
45. Monika Feth, *Ra-gazza ladra*
46. Dietlof Reiche, *Freddy. Vita avventurosa di un criceto*
47. Kathleen Karr, *La lunga marcia dei tacchini*
48. Alan Temperley, *Harry e la banda delle decrepite*
49. Simone Klages, *Il mio amico Emil*
50. Renato Giovannoli, *Quando eravamo cavalieri della Tavola Rotonda*
51. Louis Sachar, *Buchi nel deserto*
52. Luigi Garlando, *La vita è una bomba!*, Premio "Il Battello a Vapore" 2000
53. Sebastiano Ruiz Mignone - Guido Quarzo, *Pirati a Rapallo*
54. Chiara Rapaccini, *Debbora va in tivvù!*
55. Henrietta Branford, *Libertà per Lupo Bianco*
56. Renato Giovannoli, *I predoni del Santo Graal* Premio "Il Battello a Vapore" 1995

Serie Arancio ORO

1. Renato Giovannoli, *I predoni del Santo Graal*, Premio "Il Battello a Vapore" 1995
3. Peter Härtling, *La mia nonna*
5. Katherine Paterson, *Un ponte per Terabithia*
6. Henrietta Branford, *Un cane al tempo degli uomini liberi*
7. Sjoerd Kuyper, *Robin e Dio*
8. Louis Sachar, *Buchi nel deserto*
9. Henrietta Branford, *Libertà per Lupo Bianco*

IL BATTELLO A VAPORE

**Piccoli Investigatori
a partire dagli 8 anni**

1. Ron Roy, *Il mistero dell'albergo stregato*
2. Ron Roy, *Il mistero della mummia scomparsa*
3. Ron Roy, *Il mistero del castello fantasma*
4. Ron Roy, *Il mistero del tesoro sommerso*
5. Ron Roy, *Il mistero della pietra verde*
6. Ron Roy, *Il mistero dell'isola invisibile*

**I Brividosi
a partire dai 9 anni**

1. P. P. Strello, *Il ritorno dello spaventapasseri*
2. P. P. Strello, *Il pozzo degli spiriti*
3. P. P. Strello, *La notte delle streghe*
4. P. P. Strello, *Un magico Halloween*
5. P. P. Strello, *La casa stregata*
6. P. P. Strello, *Il pianoforte fantasma*

**Il magico mondo
di Deltora
a partire dai 9 anni**

1. Emily Rodda, *Le Foreste del Silenzio*
2. Emily Rodda, *Il Lago delle Nebbie*
3. Emily Rodda, *La Città dei Topi*
4. Emily Rodda, *Il Deserto delle Sabbie Mobili*
5. Emily Rodda, *La Montagna del Terrore*
6. Emily Rodda, *Il Labirinto della Bestia*
7. Emily Rodda, *La Valle degli Incantesimi*
8. Emily Rodda, *La Città delle Sette Pietre*

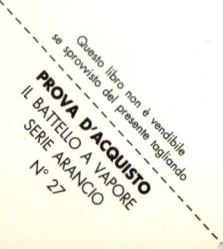